KB083774

고전과의 대화

구시다 마고이치 지음 | 김유동 옮김

서커스

KOTEN TONO TAIWA

by Magoichi Kushida

Copyright ©Mieko Kushida 2012
Japanese edition published by Chikumashobo Ltd.
Korean translation rights arranged with Chikumashobo Ltd.
through The English Agency(Japan) Ltd. and Danny Hong Agency

이 책의 한국어판 저작권은 대니홍 에이전시를 통한 저작권사와의 독점 계약으로 서커스출판상회에 있습니다.
법에 의해 한국 내에서 보호를 받는 저작물이므로 무단 전재와 복제를 금합니다.

고전과의 대화

차례

I

인간이란 무엇인가

생각하는 갈대

파스칼의 『팡세』

중학교 프랑스어 수업 시간에, 프랑스인 선생님에게서 ro-seau pensant, 즉 생각하는 갈대라는 말을 들었다. 이것이 블레즈 파스칼이라는 사람의 말이라는 것도 당연히 배웠다.

학교 시절 교실에서 배운 것들을 모조리 잊지 않고 기억할수만 있다면, 완전하지는 않으나마, 그것만 가지고도 웬만한 백과사전을 머릿속에 간직하는 셈이 될 터이지만, 그것은 다소 무리한 이야기다. 그런데 선생님한테서 들은 어떤 낱말은, 단순하게 잊어버리지 않고 기억에 남는 것으로만 그치지 않고 늘 마음 한구석에 남아 있게 되고, 그 낱말이 뜻하는 영역을 점차로 넓혀 가면서 계속해서 사고를 자극하는 경우도 있다.

'생각하는 갈대'도 그중 하나다.

이 말이 유독 나에게만 특별한 작용을 미친 것은 아니다. 왜냐하면, 중학교를 졸업한 후로 몇 번인가 동창회를 열다 보니, 그 동창회의 회지를 만들자는 이야기가 나왔다. 그 당시 누가 말을 꺼냈는지조차 알아차릴 수 없을 정도로 전원이 찬성해서 'Roseau pensant'이 회지의 이름으로 결정되었다. '생각하는 갈대'라는 말이 모두의 인상 속에 강하게 남아 있었다는 것을 이것만으로도 알 수 있다. 하지만 인상으로서의 잔상이 결코 획일적인 것은 아니었으리라 생각된다.

왜냐하면 이 말이 인간이란 무엇이냐는 물음에 답하는 말로서는 그리 적절하지 않다고 생각하는 사람이, 그렇다면 어떻게 표현해야 할까 이리저리 궁리해 본다 해도, 그 출발점은 결국 '생각하는 갈대'이다. 또 어떤 친구는 이 말을 듣고 난 뒤 자신의 사고에 의식을 집중시키게 되었다. 그중에는, 냇가에 무성하게 자라는 갈대가 생각할 수 있는 존재라고 가상할 때, 흘러내리는 냇물을 물끄러미 바라보면서 그 물소리를 듣고 있는 갈대는 무엇을 생각할까, 이런 생각으로 자신의 머릿속을 가득 채운 친구도 있을 것이다. 그런 온갖 경우를 상상한다는 것은 도저히 나로서는 할 수 없는 일이다.

*　*　*

갈대가 자라고 있는 냇가에 냇물이 떠내려가듯 나는 막연히 철학 강의를 듣는 대학으로 들어가게 되었는데, 철학의 경우 '이것으로 졸업' 하는 식으로 공부가 끝날 수는 없는 터이므로, 지금까지도 이를 계속하는 인간이 되고 말았다.

그래서 이 파스칼에 대해서도 필요에 따라서, 혹은 즉흥적인 충동으로 '생각하는 갈대' 이야기가 들어 있는 『팡세』를 읽을 기회를 가지게 되었다.

파스칼이라는 사람은 17세기 프랑스인인데, 40세도 되기 전에 죽었다. 16세 때 『원뿔곡선론』을 썼고, 아버지의 사업을 위한 계산기를 만든 수학자이며, 이른바 '파스칼의 원리'를 발견한 물리학자라고 할 수도 있고, 기독교 변증론을 생각했던 종교인이라 할 수도 있다. 더군다나, 자연과학의 길에서 신앙의 길로 들어선 것이 아니라, 신앙생활을 하면서 수학상의 중요한 공식을 발견해 놓았다. 실은 바로 이 점이 젊었을 때의 나로서는 도무지 납득하기 어려운 것이어서, 커다란 모순을 떠안고 있는 사상가로 보였다. 더군다나 그 모순을 가지고 고민한 흔적이 좀처럼 발견되지 않는 점을 이해할 수 없었다.

이제는 그것을 이해할 수 있게 되었노라고 단언할 용기는 없지만, 그런 점보다는 인간에 관한 파스칼의 관찰, 비참함과 위대함의 모순된 두 가지 면을 지니고 있는 인간을 파악하는 방식에 초점을 맞추고 나니, 다시금 '생각하는 갈대'가 흥미 깊은 비유로서 떠오르게 되었다.

중학생 시절 그 말을 처음으로 들었을 때에는, 그 당시까지 경험하지 못했던 기발한 표현으로서 진기하게 받아들인 측면이 꽤 있을 것이다. 젊은 시절의 나를 감동시킨 말들을 몇 개 떠올려보면, 어느 경우에나 그 말이 보여주는 심오한 뜻보다는 기발한 표현에 매력을 느꼈던 것 같다. 이런 게 반드시 쓸데없지만은 않은 게, 어쨌든 기억하게 됨으로써 장래의 예측할 수 없는 전개가 약속되는 것이다.

* * *

『팡세』는 파스칼이 애초에 이런 형태로 쓴 책이 아니다. 파스칼 자신은 이런 유형의 책으로 편찬되어 오래도록 사람들에게 읽히게 되리라고는 전혀 상상하지도 않았을 것이다.

1천 편에 가까운 단편(斷片)들은 아주 무질서하게 생각이 떠오르는 대로 쓰인 것이므로, 이것을 어떤 순서로 배열할 것이냐 하는 것이 후세의 학자들에게 맡겨진 커다란 숙제였다. 이런 단편들의 순서가 제각각으로 다른 다양한 판본이 있는 것은 그 때문인데, 이것이 기독교 변증론이라는 대작을 쓰기 위한 메모였다는 것은 틀림없다. 따라서 파스칼에게 그가 기록할 만한 시간과 체력이 뒷받침되어 책이 완성되었더라면, 이런 단편을 써 놓은 종이는 무용지물로 파기되었을 것이 틀림없다.

이 기독교 변증론 속에서 각 단편들이 어떤 형식으로 기여했을지는 전혀 상상도 할 수 없는 동시에, '생각하는 갈대'라는 말도, 바로 그런 표현으로 남겨져 있었을지 아닌지 우리로서는 판단할 수가 없다.

'생각하는 갈대'라는 말이 나오는 단편이 둘 있는데, 그중 하나는 이렇다.

'인간은 자연 가운데서도 가장 약한 한 가닥의 갈대에 지나지 않는다. 하지만 그것은 생각하는 갈대다. 이를 말살하기 위해서라면 우주 전체의 무장 따위는 필요가 없다. 이것을 말살하는 데는 한 차례의 바람, 한 방울의 물만 있으면 족하다. 그러나 우주가 이를 말살한다 해도, 인간은 인간을 죽이는 존재보다 귀중할 것이다. 왜냐하면 인간은 인간이 죽는다는 것을 알고 있고, 우주가 인간보다도 우월하다는 것을 알고 있기 때문이다. 이에 대해 우주는 아무것도 알지 못한다.

우리의 존엄함은 그러므로 바로 사고(思考) 가운데 있다. 거기에서 우리는 출발하지 않으면 안 된다. 우리를 채워 줄 수 없는 공간과 시간으로부터가 아니다. 따라서, 우리는 깊이 생각하도록 힘써야 한다. 그것이 모럴의 원리다.'

* * *

『팡세』의 단편들을 꼼꼼하게 읽어 보면, 그가 어떤 기독교 변증론을 쓰려 하고 있었는지, 그 뼈대를 대략 짐작할 수가 있다. 파스칼은 신앙을 갖지 않은 인간, 신 없이 살아가는 인간들을 어떻게 하면 기독교 신자로 만들 수 있을 것인가를 늘 생각하고 있었다.

이에 대해서 다양한 의견이 있기는 하지만, 신이 존재하느냐 아니냐를 놓고 '내기'를 하고자 하는 생각의 배후에는, 수학 문제를 푸는 식의, 혹은 정리(定理)를 발견할 때와 같은 방법이 사용된 게 아닐까 상상할 수도 있다.

하지만 여기서는 그러한 문제로부터 일단 빗어나서, 인간 관찰의 단상들을 발견해 내는 쪽이 나처럼 신앙이 없는 인간, 신앙 없이도 살아갈 수 있다고 생각하는, 오만할지도 모르는 인간에게는 훨씬 흥미롭다.

『팡세』를 학문적으로 면밀하게 살펴보기보다는 그것을 단상이라는 조금 안이한 생각으로 편하게 읽어 나가다 보면, 우리 현대인한테도 매우 유용한 이야기들을 꽤 많이 발견하게 된다. 이것이 바로 기독교 신앙과는 관계없이 살아가는 인간들에게 계속해서 『팡세』가 읽혀지는 이유이기도 할 것이다.

* * *

전쟁통에 나의 책 거의 대부분이 불타고 말았지만, 남아 있던 약간의 책 중에 파스칼의 『팡세』와 소품이 한 권으로 묶여 있는 작은 책이 있었으므로, 이것을 이사 가서 살고 있던 도호쿠(東北)의 농촌에서 느긋하게 읽는 것을 일과로 삼고 있었다. 참고로 삼을 만한 문헌도 가까이에 전혀 없는지라, 흥미를 끄는 단편을 발견하면, 그 일부를 골라내어 자유롭게 나 자신의 감상을 거기에 덧붙이곤 했다.

당시에는 어쩔 수 없이 문헌과 단절되어 있었으므로 처음에는 꽤 불안감도 들었지만, 파스칼을 공부한다기보다는 나 자신의 생각을 스스로 알 수 있게 되어 점차 흥미도 우러났다.

예를 들자면, '이성과 감정 간의, 인간의 내적인 투쟁. 만약에 인간이 감정을 갖지 않은 채 이성만 가지고 있었더라면…… 만약에 인간이 이성을 갖지 않은 채 감정만을 가지고 있었더라면……'이라는 말이 『팡세』에 들어 있다. 이성과 감정의 싸움은 누구나가 자신 속에서 끊임없이 되풀이해서 경험하고 있는 만큼, 바로 그 말대로겠지만, 여기서 나란히 언급된 두 개의 가정은 우리들 마음속에 얼마든지 공상을 펼치게 해준다. 그래서 나도 자신의 이 가정을 바탕으로 해 공상을 써 놓았다.

하긴, 파스칼 자신이 이 가정에 대한 답을 준비해서, 다른 단편에 이렇게 써 놓았다. '이성 대 감정의 내적 투쟁은 이를 진정시키기를 원한 사람들을 두 파로 갈라놓았다. 한쪽은 감정을 버려 신이 되고자 했고, 다른 쪽은 이성을 버려 짐승이 되려 했다.' 물론 신이 된 자도 짐승이 된 자도 없다.

그렇다면, 이 내면의 싸움은 어째서 끊임없이 일어나고 있는 것일까. 이런 의문을 계속해서 떠올리며, 나의 생각을 써 나갔다. 물론 써 놓을 필요도 없는 일이지만, 기억이나 추상 속에서는 이런 일들이 왜곡되기 쉬운지라 앞뒤가 맞지 않게 되는 일이 다반사고, 나중에 그때의 사고의 맥락이 떠오르지 않아 짜증이 나는 경우가 많다.

* * *

이런 메모를 기록해 가면서 독서를 하라고 권하려는 것은 아니지만, 『팡세』 같은 단편을 읽을 때에는 이것도 하나의 독서 방법일지 모른다.

'인간은 분명 생각하기 위해 만들어져 있다. 그것은 인간 품위의 전부이고, 가치의 전부이다. 그리고 인간의 온전한 의무는 제대로 생각하는 일이다.' 물론 파스칼은 우선 자신, 인간의 창조주, 그리고 인간의 목적, 이런 사고의 순서를 보여 주고 있다. 따라서 전쟁 생각만 한다든지, 노래에 관한 것만을 생각한다면 인간의 의무를 게을리하고 있다는 이야기가 되겠는데, 파스칼의 사고의 순서를 순순히 따르면, 실제로 이런 사고의 순서를 쫓게 될 수밖에 없는 걸까.

으레 이런 의문이 남게 마련이어서 『팡세』를 손에서 놓을 수가 없는 것이리라.

고로 나는 존재한다

데카르트의 『방법 서설』

르네 데카르트의 얼굴 하면, 모든 사람들이 으레 네덜란드의 화가 프란츠 할스가 그린 데카르트의 초상을 떠올린다. 그 밖에도 초상화가 더 남아 있지만, 책머리의 그림이나 삽화로 사용되고 있는 것은 거의가 이것이다. 머리카락이 어깨에까지 길게 늘어뜨려져 있고, 짙은 눈썹에 초롱초롱한 눈이 큼직하다. 이것은 남의 얼굴에 관한 것이어서 지나치게 천착하는 일은 삼가야겠지만, 모든 사람이 친근감을 가질 만한 얼굴이라고 하기는 어렵다.

이름난 사람이라 하더라도 오래전 사람 가운데는 초상화가 남아 있지 않은 경우가 있는 만큼, 그 사람의 인상 같은 것을 책을 통해 어렴심삭으로 떠올릴 때면 초상화 같은 건 없는 편이 좋겠다는 생각이 들 때도 있다.

이 데카르트는 프랑스의 툴렌에서 태어났다. 1596년의 일이다. 전에 데카르트의 가계, 그가 태어난 곳 등에 대해 조사해 본 일이 있는데, 프랑스인들에게 데카르트는 귀중한 존재인지라, 출생지 부근의 주(州)들이 제각기 그들의 주 출신으로 삼고 싶은 만큼 그 증거를 날조한 흔적이 있어서, 매우 골치아픈 작업이라는 것만큼은 알 수 있었다.

그처럼 소중한 인물임에도 불구하고, 당시의 프랑스는 데카르트에게 안주할 땅을 주지 않았다. 이런 사실도 고려해 보면서 데카르트의 생애를 대략 살펴보기로 한다.

* * *

데카르트의 어머니는 그를 낳고 얼마 안 있어 타계했는데, 그는 어머니의 병약했던 체질을 이어받았는지 어렸을 때부터 건강이 좋지 않았다. 데카르트는 아침잠이 많았다고 한다. 그러고 보면, 나 자신은 말할 것도 없고 주변의 친지와 친구들을 훑어보기만 해도 아침에 일어나기가 힘들다는 사람들이 많다. 직장일이나 사업이나 학교 공부가 있기 때문에 마지못해 억지로 일어나고 있다는 이야기다. 데카르트는 학교에 다니게 된 후로, 이 늦잠 버릇을 인정받게 되었는데, 이 말은 지각을 허용받았다는 이야기다. 학원장이 친척이었기 때문이라는 등, 이미 데카르트는 그 무렵부터 뛰어난 두뇌를 가진 인간임을 주변 사람들이 인정하고 있었다는 등, 다양한 이유들이 들먹여지고 있지만 좌우간 이 아침잠은 평생 계속되었다.

하지만 이는 잠자리에서 일어나기가 힘들다는 이야기일 뿐, 눈이 떠지면서부터는 곧장 사색에 빠지고, 필요할 때는 머리맡의 종이쪽지에 메모를 남겨 놓곤 했던 모양이다.

* * *

학교 교육에 대해서 데카르트는 불만을 품기 시작했다. 학교에서 가르치는 학문은, 지식을 정리하는 데는 도움이 될지도 모른다. 하지만, 오직 그뿐, 새로운 지식 같은 것은 전혀 가르쳐 주지 않는다. 그렇다면, 여태까지 읽어 온 책을 내던지고, '세계'라는 큰 책을 가지고 배우는 수밖에는 없다. 이렇게 생각하고는 16세 때 학교를 떠났다. 당연한 일이지만, 학문을 추구하는 사색 생활은 외부 사람의 눈에는 미망(迷妄)의 생활로 보일 수도 있다.

데카르트는 그 무렵 자신의 성격 등을 파악한 끝에 기계 같은 것과 관련이 있는 기술 방면으로 나아가고 싶었던 모양이지만, 아버지는 이에 반대하며 군인이 되라고 권했다. 하지만 17세기 프랑스에서 군인이 되기 위해서는 일단 파리에 나가 사교 생활에 참가할 필요가 있었다. 그래서 한번 이를 시도해 보기는 했지만, 성품에 맞지 않아 사교계에서 알게 된 학자하고만 은근히 교제를 하게 되었다. 군인이 된다는 것은 그의 적성에 도저히 맞지 않아 학문의 길을 선택하게 된다.

학문을 위해서는 아무래도 프랑스가 부적절하다고 생각해, 네덜란드에 가서 지원병으로 군대 생활을 하게 되었다. 그렇다고는 하지만, 이는 우리가 생각하는 오늘날의 군대 생활과는 매우 다른 것이었고, 그곳에 가서 군인의 길에 다시금 들어서려 했던 것은 아니다.

* * *

1619년, 데카르트는 네덜란드를 떠나 프랑크푸르트암마인으로 가서, 바이에른의 군대에 들어갔다. 당시, 가장 규모가 크고 복잡한 종교전쟁이라고 일컬어지는 30년 전쟁이 시작되고 있었다. 도나우 강까지 가서 노이부르크라는 곳에서 겨울을 나게 되었다. 『방법 서설』에 그 당시의 일이 기록되어 있다.

'그 무렵 나는 독일에 있었다. 지금까지도 아직 끝나지 않은 전쟁을 계기로 독일에 있게 되었다. 대관식(페르디난트 2세의 대관식)이 끝나고 군대에 되돌아가는 길에 겨울로 접어들었으므로, 한 숙사에 머무르게 되었다. 이곳에서는 신경이 산만해질 만한 교제도 없었고, 감사하게도 마음이 흐트러질 만한 걱정거리도 없었고, 정신도 고요하고, 난롯불이 피워진 방에 종일토록 들어박혀 있을 만큼 시간이 충분히 있었으므로 사색에 빠져 있을 수 있었다.'

겨울의 병영(兵營)이나 숙사라고 하면 살풍경한 겨울철 군대 생활이 떠오르지만, 난롯불이 있는 방에서 종일토록 사색의 생활에 빠져 있었다는 이야기니까, 잘못 이해하지 않도록 조심해야 한다. 게다가 데카르트가 실제 전투에 참여했다는 대목은 어느 곳에서도 발견되지 않는다. 그보다도, 이 1619년 12월 10일은 그의 학설의 기초라고 할 만한 것을 깨달은, 혹은 발견한 날이어서 중요시한다. 이에 대해서는 뒤에 생각하기로 하고, 여기서는 그의 생애를 살펴보기로 하자.

* * *

데카르트는 이미 학자로서 인정받아 왔지만, 이 때문에 자신의 사색 활동에 지장을 받고, 시간 빼앗기는 것을 기피해 네덜란드에서 살기로 했다. 네덜란드에서는 약 20년 동안 살았는데, 그사이에 24번이나 이사를 하며, 사람들과의 교제를 피했다. 저작 생활을 하는 한편으로, 뜰에다 식물을 재배하면서 관찰하기도 하고, 소 도축장에 가서 해부를 하기도 했다.

책이 출판되고 많은 사람들이 이를 읽게 되면서 데카르트의 이름도 널리 알려지고, 학자들에게 인정을 받게 되지만, 한편으로는 그의 학설에 반대하는 학자도 나타났다. 이는 당연한 결과이고, 동시에 필요하다고 생각될 때는 논쟁도 거부할 수 없게 된다.

네덜란드에서는 비난의 소리가 높아지고, 프랑스에서는 데카르트를 자국으로 데려오고 싶다는 분위기도 고조되어, 왕실에서는 연금도 지급했다. 그래서 데카르트는 1648년에 파리로 돌아오기는 했지만, 돌아와보니 실망스러운 일들이 겹쳐지는 바람에 다시 네덜란드로 떠났다.

그 무렵, 여장부인 스웨덴의 왕녀 크리스티나로부터 초청을 받게 되었고, 무척 망설이기는 했지만, 결국 이에 응했다. 1649년 가을에 암스테르담에 도착해 후대를 받기는 했지만, 그에게 과해진 일도 적지 않았다.

스웨덴의 학술 진흥 업무를 맡고, 아침이면 일찍 일어나서 철학 강의를 해야 했으며, 저녁에도 늦게까지 해방되지 못하는 생활을 하다가, 마침내 이듬해 2월 들어 쓰러져 의식을 잃은 채 1650년 2월 11일에 세상을 떠났다.

* * *

이 책에서는 데카르트의 주된 저서의 하나인『방법 서설』(1637년)을 골랐지만,『성찰』,『철학 원리』,『정념론』,『정신 지도의 규칙』같은 모든 것이 데카르트 전집으로 번역되어 있다.

이『방법 서설』이란, '굴절광학', '기상학', '기하학'의 세 시론(試論)이 간행되었을 때의 그 서문에 해당하는 것이다. 방법이란 '자신의 이성을 올바로 이끌어, 다양한 학문에서 진리를 추구하기 위한' 것이다. 내용을 소개하기에 안성맞춤으로, 데카르트 자신이 다음과 같은 문장을 첫머리에 써 놓고 있다.

'이 이야기가 너무 길어서 한 번에 전편을 읽기가 곤란하다면, 이를 6부로 나눌 수가 있다. 제1부에서는 학문에 관한 다양한 고찰을 볼 수 있을 것이다. 제2부는 저자 자신이 추구한 방법의 주된 규칙, 제3부에서는 저자가 이 방법으로 이끌어

낸 도덕의 규칙 가운데 약간을, 제4부에서는 신, 그리고 인간의 영혼의 존재를 증명하는 논거, 즉 형이상학의 기초. 제5부에서는 저자가 추구한 자연학에 관한 문제의 순서, 특히 심장의 움직임과 의학에 속하는 몇몇 어려운 질문과 그에 대한 설명, 그리고 우리의 영혼과 동물의 영혼과의 차이. 마지막 제6부에서는 저자가 자연의 탐구를 위해 이보다 더 앞으로 나아가기 위해서는 어떤 것이 요구된다고 생각하는지, 그리고 어떤 이유 때문에 이를 쓰게 되었는지를 볼 수 있을 것이다.'

* * *

나는 고등학교 입학을 위한 시험공부를 하고 있는 중학생에게 물어보았다. 루소는 어떤 사람? 그러자 그는 즉각 대답했다. '자연으로 돌아가라.' 그러면 데카르트는? 하고 다시 물었더니, '나는 생각한다. 고로 나는 존재한다'라고 말했다.

이는 물론 동떨어진 답이 아니다. 오히려 정답으로 채점될 것이다. 그들이 그렇게 교육받고 있으니 말이다. 그 이상을 바라는 쪽이 잘못된 것인지도 모른다.

하지만, 그것만을 가지고 일생을 마친다는 것은 섭섭한 일로 여겨지므로, 나는 이제 중학생이 아닌 분들을 위해 『방법 서설』의 다음 대목을 펼쳐 보이고자 한다.

'……아주 약간이라도 의심스럽다고 생각할 우려가 있는 것은, 절대로 틀린 것으로서 물리칠 필요가 있다고 생각했다.'

'……이와 같이 모두가 잘못이라고 생각해야겠다고 생각하는 동안에도, 그렇게 생각하고 있는 자신이 좌우간 어떤 존재여야 한다는 점을 깨달았다. 그리고 이 "나는 생각한다, 그러므로 나는 존재한다"는 진리는' 회의론자가 어떤 수단을 부리고자 애써 보았자 흔들릴 수가 없다. 그래서 '나는 이 진리를, 내가 추구했던 철학의 제일 원리로서, 의심 없이 받아들일 수 있다고 판단했다'.

* * *

『방법 서설』은 앞에서 말한 것처럼 세 개의 시론의 서문이지만, 데카르트의 철학 체계의 서론이기도 하므로, 데카르트를 깊이 이해하려는 이, 혹은 근세 이후 현대까지의 철학 사상을 알고자 하는 이에게는 중요한 것이다.

그는 『세계』라는 큰 저작을 구상했지만 중지했다. 하지만 데카르트의 저작을 읽어 보면, 『세계』의 구상에 대해 우리가 생각해 보는 일도 불가능하지는 않다.

알고자 하는 마음

플루타르코스의 『모랄리아』

쓰루미 유스케(鶴見祐輔)가 번역한 『플루타르크 영웅전』이 영역본의 중역(重譯)으로 출판된 것이 1934년이라니까, 내가 그 책을 읽은 것은 아마도 출판된 지 오래지 않았을 무렵일 것이다. 스스로 이 책을 산 기억이 없으므로, 누군가에게서 빌렸던 것 같다. 그저 읽어 보았다는 기억이 있을 뿐, 내용에 대해서는 거의 기억이 없다. 그 책을 집어들 일이 생긴다면 무엇인가를 떠올릴 수 있을지도 모르지만……

하지만 1952년부터 4년간에 걸쳐 이와나미(岩波)문고로 고노 요이치(河野与一)가 번역한 『플루타르크 영웅전』이 12권으로 출판되었을 때는 꽤 꼼꼼히 읽었고, 그 뒤로도 필요에 따라 이곳저곳 다시 읽어 보곤 했으므로, 『영웅전』이 어떤 것인지는 웬만큼 알고 있다고 자인하고 있다.

게다가 또 한 가지는, 내가 생각날 때마다 종종 읽는 몽테뉴의 『수상록』에는 플루타르코스에서 인용된 것이 정말 많기 때문에, 그의 다양한 문장을, 언제 어떤 책에서 보게 되었는지는 분명하지 않다. 인간의 기억, 특히 나 자신의 기억은 그다지 정확한 것이 아니라고 생각하고 있는 터라, 더 이상 이를 따지지 않기로 하고 있다.

나는 플루타르코스라고 쓰기로 하고 있는데, 이것은 영어식으로 아리스토틀이라고 쓰지 않고, 아리스토텔레스라고 쓰는 것과 같은 기분에서이며, 『영웅전』이라는 것도 영웅들만의 전기를 모아 놓은 것도 아니므로, Bioi parlleloi라는 원본의 책 이름에 가까운 『대비열전(對比列傳)』이라는 이름을 쓰고 싶은 기분이 강하다. 하지만 여기서는 『영웅전』 또는 『대비열전』을 다뤄보려는 게 아니라 플루타르코스의 또 하나의 대작 『모랄리아』를 택해 보기로 했다. 이것은 『윤리론집』이라는 번역서 이름으로 통용되고 있는데, 다루고 있는 제재가 윤리의 범위에만 한정된 것은 아니다.

이 『모랄리아』의 완역이 유감스럽게도 아직 일본에는 나와 있지 않다. 그러나 부분적인 번역은 출판되어 있다.

＊ ＊ ＊

플루타르코스에 대해 어느 시절 어디에서 태어나, 어떤 생애를 보냈는지에 대해 아무것도 쓰지 않은 채로 서두가 약간 길어졌는데 용서를 바란다.

나는 지금까지 살아오면서 다양한 사람과 만났고, 지금도 숱한 사람들과 만나고 있다. 다양한 사람이란 그 용모와 직업을 가리키는 말이기도 하지만, 여기서는 그 성격을 가리키는 말이다. 어린 시절에는 상냥한 사람, 무서운 사람처럼 단순하게 분류해 버릴 수도 있었지만, 하루의 대부분을 학교에서 지내게 되고 보니, 매일 하나의 교실에 모여드는 수많은 친구라든지, 교단에서 우리에게 여러 가지 지식을 가르쳐 주는 선생님들과 끊임없는 접촉을 가지는 동안, 사람의 성격을 단순히 둘이나 셋으로 분류해 가지고는 납득할 수 없게 되고 만다.

곧잘 화를 내는 사람, 언제나 확실한 대답을 하지 않는 사람, 머리가 좋다고 누구에게나 인정받는 사람, 수줍은 사람, 무슨 일에나 감동을 하는 사람, 어쩐지 쓸쓸한 듯한 모습을 보여 주고 있지만 실제로는 그렇지 않은 사람, 활달한 사람, 꺼벙한 사람. 이렇게 써 나가다가는 한도 없을 것 같다.

한이 없다는 것은 성격의 종류라고 말할 수도 있겠지만, 이런 성격 몇 가지를 아울러 가지고 있는 바람에, 얼굴과 신체가 모두 다르듯이, 엄밀하게 말하자면 사람의 숫자만큼이나 성격이 다양한지라 간단히 분류하려 해보았자 무리겠구나 하는 걸 깨닫게 된다.

그리고 또 남들의 그러한 복잡한 성격을 바라보고 있는 나 역시 스스로도 잘 알 수 없을 정도로 복잡한 성격의 소유자이다. 마음씨 착한 사람이라고 여기고 있는 어떤 사람에 대해 남들은 그럴 정도는 아니야 하고 생각하고 있는 경우도 있는 만큼, 점점 더 사람의 성격을 이러쿵저러쿵 말하기는 어려운 일이라고 생각하게 된다.

* * *

하지만, 그렇게 생각하고 있으면서도, 우리는 그 자리에 있지 않은 제삼자가 화제로 오를 경우, 상당히 분명하게 '인색한 인간'이라느니, '남에게 뽐내기 좋아하는 사람'이라느니 하면서, 본인이 그 자리에 있었더라면 도저히 할 수 없는 말들을 내뱉고는 웃음 짓기도 하고 동의하기도 한다. 때로는 본인에게 들려주고 싶은 칭찬이 나오는 경우도 있지만 그런 일은 드물다.

일단 그런 소리가 나오게 되면, 직어도 뒷말의 대상이 된 사람들에게는 인색하다느니, 뽐내기 좋아하는 사람이라는 레테르가 붙여지게 마련이다. 본인은 그런 레테르가 붙여졌다는 사실을 짐작도 하지 못한다.

하지만, 그런 일이 어느 정도 퍼지다 보면, 약간 자발머리 없는 사람이, 본인에게 누구누구가 당신에 대해 이렇게 말하더라라느니, 저렇게 말했더라 하고 알려준다. 친절한 마음으로 알려주기도 하겠지만, 속삭거렸을 때의 반응에 흥미를 가지고 자기 자신은 어찌 생각하고 있는지를 완전히 숨긴 채 반응을 즐기려 한다.

심드렁하게 "그렇습니까" 이렇게 반응을 해오면 재미가 없다. "괘씸한 것들" 하고 화를 내면 횡재라도 한 것 같은 기분이 든다. 결코 좋은 취미라고 할 수는 없다.

* * *

『모랄리아』 속에는 긴 것, 짧은 것 수많은 에세이들이 들어 있는데, 그중에는 라틴어로 'De curiositate'라는 제목이 붙어 있는 것이 있다. 원래의 그리스어 제목은 '쓰잘데없는 간섭쟁이에 대해서'라는 의미의 말이다. 이 챕터는 요약하자면,

남의 결점을 악의를 가지고 호벼내서 즐기는 인간에 대한 이야기를 한 것인데, 이는 방치하지 말고 고쳐야겠다는 마음을 가져야 한다면서 그 방법까지도 제시하고 있다.

병이라고까지는 말할 수 없겠지만, 누구에게나 얼른 떠오르는 그런 존재가 있는 만큼, 그따위 위인은 좀처럼 있을 수 없지 하고 생각하는 사람은 결코 없을 것이다.

참 지식을 얻기 위한 호기심은 허용해야 한다기보다는, 그런 것이 없어서는 인류의 진보도 없게 마련이다. 우리는 그런 점에서는 호기심이 왕성한 사람을 부러워하고, 자신도 그렇게 되어야겠다며 노력까지 한다. 게다가 이 호기심은 나이를 먹어 감에 따라 쇠퇴하는 일도 없는 것 같다.

이 호기심이 목적을 잘못 가지게 되면, 남의 허물 들추기가 되고 만다. 그러면서도 본인의 허물은 들춰내기는커녕 스스로 감추려 한다. 하지만 남의 결함이 눈에 띄었다 하면 여기에 열을 올린 끝에 자칫 자신을 숨겨야겠다는 마음을 소홀히 해서, 남에게 들통이 나는 경우도 종종 있게 마련이다. 그뿐 아니라 너무 캐내기에 열중한 나머지 무리를 하다 망신을 당하는 경우도 있다. 햇빛을 직시할 수가 없음에도 불구하고 이를 보려다가 눈이 멀고 마는 것처럼, 또는 독이 있다는 소리를 듣는 버섯의 독성을 알기 위해서 이를 먹어 보다가 죽는

식으로 위험한 힘정은 사방에 널려 있다. 그럼에도 호벼파기를 좋아하는 사람은 남의 집에 발을 들여놓고 끈덕지게 물어대기도 하고, 낯선 땅으로 들어갔다가 붙잡힐 수도 있다.

어부는 대어를 기원하지만, 이런 일그러진 호기심의 소유자는 불행이라는 대어를 기원한다. 무엇인가, 어떤 사람이 남에게 드러내고 싶지 않은 사건을 일으키고 있지나 않을까, 추문은 없는가 하고 탐지에 열을 올린다. 일단 그런 것을 알게 되면, 자신의 가슴속에만 이를 파묻어 둘 수가 없어서, 한 사람이라도 많은 사람에게 이를 알리고 싶어 한다. 따라서 수다쟁이가 된다. 하긴, 아무도 알지 못하는 일들을 가지고 수다를 떨고 싶어서 이를 탐색하는 것인지도 모른다. 하지만, 이런 일을 계속하다 보면 주변 사람들이 점차로 조심을 하게 되고, 상대를 해주지 않게 된다.

* * *

이런 호벼파기 근성은 독재자에게도 있다. 온갖 정보를 단단히 움켜쥐고 있어야 할 터인데 이를 혼자서 해낼 수가 없는지라, '고자질쟁이' 즉 스파이를 고용하게 된다. 그렇게 해서 결과가 어찌되었는지는 역사가 이야기해 주고 있다.

호벼파는 자나 고자질쟁이나 똑같은 인종이다. 한쪽은 고용주 쪽에서 언짢아하는 인간의 냄새를 캐내느라 분주하고, 한쪽은 언짢거나 말거나 호벼냈다 하면 나발을 불고 다닌다는 차이가 있을 뿐이다.

* * *

이 가련한 인간의 근성을 교정하려면 어찌해야 할까. 그 방법이 여럿 제안되고 있다. 예컨대 자제심을 갖도록 자신을 단련해야 하므로, 가장 간단한 일부터 시작한다. 묘지 앞을 지나가면서도 묘비명을 읽지 않는다. 낙서도 읽지 않는다는 식으로 나 자신과 관계가 없는 일에 눈길을 보내지 않고 이성에 봉사하는 것이다. 또 사람들이 몰려 있는 곳에는 가까이 가지 않도록 한다. 혹은 친구와 함께 극장 앞을 지나다가 극장에 들어가자는 권유를 듣더라도 거절한다. 자신이 바라고 있지 않으면서도 마음이 끌리는 것에는 조심을 한다. 혹은 정의의 덕을 제대로 간직하기 위해서는 설혹 자신에게 관계가 있는 일에 대해서까지 이에 무관심하게 넘기는 것도 단련의 한 방법이라고 한다.

하지만 호벼파기의 악습에서 벗어나기 위해서는 자신의 호기심을 좀 더 즐거운 일로 향하게 만드는 것도 좋은 방법이다. 플루타르코스는 그런 즐거운 일로서 하늘, 지상, 공중, 바닷속의 사물을 열거하며 큰 것을 보는 것을 즐기는 성품이라면 태양을, 변화를 살펴보고 싶다면 달을 보라고 한다. 그곳에는 자연의 비밀이 잔뜩 있지만 자연은 비밀을 캐낸다 해도 화를 내지는 않는다. 작은 것 보기를 좋아한다면, 식물을 관찰하라고 권한다. 그리고 그런 존재들에 악덕도 불행도 존재하지 않아서 흥미를 느낄 수 없다면, 그 욕망을 역사 쪽으로 돌리는 것이 좋다고 가르친다.

* * *

이런 가르침을 통해서 호기심의 방향이 바뀔 것인지 여부야 알 수 없지만, 오늘날 우리 주변에서 잘못된 호기심이 도처에서 발견되는 것은 분명하고, 우리 자신의 호기심까지도 왕왕 잘못된 방향으로 향하는 일이 있음을 인정해 두어야겠다.

거짓이 없는 책

몽테뉴의 『수상록』

어떤 사물에 지나치게 열중하게 되면, 그것 때문에 주변 일에 신경 쓰는 일이 소홀해지고, 그 이외의 일 같은 건 아무래도 좋게 되고 만다. 그런 이상(異常)으로밖에는 생각할 수 없는 상태는 오래 지속되는 것도 아니므로, 약간의 계기로 인해서 급속도로 그 열기가 식어 버리는 일이 왕왕 있다.

우리는 어떤 고전과의 만남에서도 같은 기분을 경험하고 있을 게 틀림없다. 그 무렵에는 니체에 열중해서 그 이외의 책에 대해서는 전혀 읽을 마음이 없었다든지, 한때 마르크스에 사로잡혀 마르크스 이외의 사상가의 책을 뒤적이는 사람이 가련해 보였다든지 하는 식으로 말이다.

나는 그러한 열중의 자세도 나쁘다고 생각하지 않는다. 그 기간에 얻은 것이 결코 적지 않았을 테니까. 하나의 고전과 오래 접하기 위해서는, 너무 급격하게 빠져들어서는 안 된다는 말은 찬성할 만한 의견으로 생각되지 않는다. 다만 중요한 것은, 어느 정도의 깊은 관계까지 나아갔을 때 그것을 지속시키는 방법을 생각할 여유를 가지는 것이다.

* * *

나는 몽테뉴의 『수상록』을 읽기 시작했을 무렵에는 자는 시간마저도 아까워서, 다른 공부를 희생하는 일쯤은 아무렇지도 않을 정도가 되었다. 고등학교에 다니던 무렵이었으므로, 어떻게든 구실을 만들어서 학교를 쉬기도 하면서, 방 안에 처박혀 지내곤 했다.

지난날의 자신을 미소 지으며 되돌아볼 수 있다는 것도 나쁘지는 않지만, 나중에 생각해 보니 그런 열중 방식은 이 몽테뉴에 어울리지 않는 것인지도 모르겠다. 물론 그 정열을 연구를 위해 지속시켜서 몽테뉴학자가 된다면 이야기는 다르겠지만 말이다.

우선 이 『수상록』의 분량으로 볼 때, 그리고 다루고 있는 문제의 풍부함으로 볼 때, 그리고 그 사고방식이 독단적이 아닌 점에서 볼 때, 이 책은 오래도록 접하기에 합당하다. 그리고 이 책에 인용되어 있는 그리스, 로마의 철학자와 시인, 문인, 그 밖의 다양한 인물들의 말을 음미하기도 하고, 만약에 흥미를 느끼게 되면 몽테뉴가 활동하던 16세기라는 시대를 알게 되면서 이 책에 대한 흥미는 점점 더 확장되어 간다.

그런 점에서 약간의 시간이 지난 다음 다시 읽을 때마다 자신이 배운 일들, 생각하고 있었던 일들이 그사이에 어떤 변화를 보였는지를 명확하게 알게 된다. 이는 다른 고전에 대해서도 같은 말을 할 수 있는 일이지만, 여기서 논하고 있는 일들이 모두 인간과 관계되어 있는 만큼 납득을 하든, 거부를 하든, 혹은 일시 보류를 하는 경우까지도 불안을 남기지 않는다.

또, 몽테뉴는 인간을 변화하기 쉬운 존재라며 자기 자신을 재료로 삼아 글을 쓰고, 세세한 점에 관한 모순에 대해 신경을 쓰지 않은 채 이야기할 정도로 대범해서 일반인이 근접하기 쉽다.

* * *

이쯤에서 아주 간단하게 이 미셸 드 몽테뉴Michel de Montaigne(1533~1592)를 소개해 둘 필요가 있을 듯하다. 그는 남프랑스 페리고르의 몽테뉴 성(城)에서 태어났다. 귀족 출신이다. 아버지 피에르는 이 아들 미셸의 교육에 힘써, 아침에 눈을 뜰 때 상쾌한 음악을 들려주기 위해 악사를 고용했고, 겨우 말을 시작할 무렵부터 라틴어 교사를 붙여 주었으며, 이를 위해 주위의 하인들에게도 프랑스어를 쓰지 못하게 했다는 이야기까지 남아 있다.

보르도의 귀엔 학원에서 공부하고, 다시 법학을 배웠다. 젊어서부터 아버지의 뒤를 이어 공금소송 재판소의 참의, 이어서 보르도 고등법원의 참사가 되었는데, 이 길이 자신에게 걸맞지 않다는 사실을 깨닫고 있었다. 그러는 동안 에티엔 드라 보에시를 알게 되었다. 그와의 우정은 매우 깊었고, 그에게서 스토아학파의 도덕에 관해 크게 영향을 받았다. 1565년 법관의 딸 프랑수아즈와 결혼, 여러 명의 자녀를 낳았지만, 딸 엘레오노르 하나만이 장성했다.

1570년, 아버지의 사후에 성에 은둔하며 『수상록』 집필을 시작했다. 이 『수상록』은 두 권으로 만들어져 1580년에 출판되었다. 그 후, 지병인 결석 치료도 겸해 이탈리아 여행을 했다. 독일, 스위스를 거쳐 이탈리아로 들어가 로마에 한동안

체재했고, 대략 1년 반에 걸친 여행을 했는데, 이때의 일기가 뒷날 발견되어 출판되었다. 세세한 묘사가 곁들여진, 당시의 풍속과 관습 등을 아는 데 매우 귀중한 글이다.

여행 뒤에 보르도 시장으로 뽑혔는데, 이때 신구 양 교도 사이에서 적극 중재에 나서 극력 평화를 옹호했다. 다시 성으로 돌아가 『수상록』에 꼼꼼하게 가필을 했고, 그러면서 동시에 『수상록』 제3권을 1588년에 발표했다.

대략 이런 생애를 보낸 인물이지만, 자신을 적나라하게 묘사하는 것을 목적으로 해서 쓰인 『수상록』에는 몽테뉴 자신에 관한 일들이 세세하게 기록되어 있다

* * *

인간이란 변화가 극심한 존재임을 몽테뉴는 『수상록』 여기저기에 써 놓고 있다. '인간이란 절대로……' 하는 식으로 항구적인 판단을 인간에 대해 내리기란 무리이다. 무엇인가에 얽어매어 꼼짝 못할 상태로 만들어 놓고 생각해 낸 온갖 다른 여러 가지 정의와는 달리, 돌아다니고, 움직이면서 어떤 상념에 빠지기도 하고, 또 행동을 하면서, 성공도 하고 실패도 하며, 원하는 바대로 결과를 얻지 못해 슬퍼하는 등의 다양한

인간의 모습을 보면서, 그 관찰의 결론이 이리하다라는 따위의 거창한 것이 아니라, 그저 인간에 대해 문득 떠오른 생각들을 이야기하고 있다.

인간은 하나하나가 모두 다르고 별개의 존재이기는 하지만, 알고 보면 '인간 각자는 사람으로서 사람다운 특질 전모를 가지고 있으므로' 상호간의 교류를 할 수 있다고 생각되기도 한다. 우리가 서로 가깝게 여기는 것도, 적대하는 것도, 혹은 제멋대로 기대를 거는 것도 모두 똑같은 인간이라는 점에서 출발하고 있다. 하지만, 이 '인간이기 때문에'라는 기반조차도 흔들리고 있기 때문에 뿌리를 내릴 수는 없다.

인간의 행위는 군이 주의 깊게 살펴보지 않더라도, 모순되어 있다는 것, 변덕스럽다는 것, 사리가 통하기는커녕 뒤죽박죽이라는 것을 일상생활에서 충분히 경험하고 있다. 몽테뉴 자신도 그런 일들에 관해 쓰면서 자신 역시 그와 같다며, '나는 그저 오락가락할 뿐이다. 나의 판단은 언제나 전진만 하고 있다고는 할 수 없다. 나는 표류하고 있다'고 말한다.

그러나 소중한 것은 이런 점에서 인간의 비참함을 느끼는 것도 아니고, 그렇다고 동양적인 체념으로 가 닿는 것도 아니고, 오로지 밝기만 하다는 점이다. 자칫 인간이 빠지기 쉬운 어두운 면은 하나도 없다. 오히려 이를 재미있어하면서, 여기에다 인간의 여러 감정과 행위, 그리고 표명된 사고를 흥미 깊게 바라보기 위한 토대가 생긴 것처럼 생각한다. 흔들리고는 있지만, 무너져 내리지 않는 토대라고 하면 좋을까.

이쯤 되면, 결론을 성급하게 알고자 하는 사람은 『수상록』에서 그가 생각하고 있는 이상적 인간상을 찾아내려 한다. 물론 그 비슷한 말을 찾아낼 수는 있다. 그것은 소크라테스적무지와 대범함 가운데서 '단순하고 적당하게, 바꾸어 말하자면 자연스레 사는 법을 아는' 인간이다. 무지와 대범함이 '즐겁고 부드러우면서도 위생적인 베개'임을 터득하고 있는 인간이다.

덧붙일 것까지도 없겠지만, 모두가 이 베개를 늘어놓고 뒹굴고 있는 상태가 인간의 이상적 세계라고 말하고 있는 것은 아니다.

* * *

몽테뉴의 『수상록』은 제1권이 57장, 제2권이 37장, 제3권이 13장이므로 모두 107장이 된다. 아주 짧은 것이 있는가 하면, 그것 하나만 가지고도 충분히 한 권의 책이 될 수 있는 긴 것도 있다. 그리고 각각 흥미를 느끼게 만드는 제목이 붙어 있으므로, 차례대로 읽으리고 긴혜 보았지, 저도 모르게 그 제목에 이끌려 여기저기로 건너뛰지 말라는 법도 없다.

하지만, 『수상록』은 사상 체계를 논하는 책과는 전혀 다른 만큼, 이러한 독서 방법도 아무 상관이 없다. 그리고 몽테뉴의 어떤 사물에 대한 생각을 정리해 보자는 연구심이 발동했을 경우라면 모를까, 무리하게 이해하려 하기보다는, 독자가 평소 생각하고 있는 것들을 다루고 있는 몽테뉴의 생각을 찾아내는 것이 우선 중요하다. 그렇게 노상 생각하고 있는 것들 역시 그날그날, 매 시간마다 변하게 마련이므로, 『수상록』은 한 번 읽는 것으로 족한 그런 책이 아니다. 되풀이해서 읽을 때마다 새로운 말을 발견하게 되니까.

이는 몽테뉴가 숨김없이 자신을 극명하게 묘사하고 있기 때문이다. 스스로를 묘사했을 뿐이라면 자족적인 즐거움에 지나지 않는다고 생각하게 될지도 모른다. 적어도 그를 알고 있는 사람 말고는 아무런 흥미도 끌지 못하는 책으로 여겨질지도 모른다.

『수상록』의 첫머리에 '독자에게'라는 한 페이지 분량의 서문이 붙어 있는데 여기에는, 이 책을 쓰면서, 나 자신의 일 말고는 아무런 목적도 없었노라고 쓰여 있다. 남에게 도움이 되는 일, 혹은 자신의 명예 따위는 전혀 고려하지 않았다. 결점과 버릇도 그대로 썼다. 그런 만큼, '이는 거짓이 없는, 정직한 책'이라는 것만은 틀림없다.

생각해 보면, 거짓 없이 자신에 대해 써 나간다는 것은 쉬운 일이 아니다. 고의로 비하해서 자신을 남에게 보여주는 일 또한 자신을 장식하는 하나의 수단이니까 말이다.

식욕과 미식과 쾌락

브리야 사바랭의 『미각의 생리학』

새삼스럽게 꺼낼 만한 이야기도 아니지만, 우리 인간에게 의식주는 어쩔 도리 없이 관심을 갖지 않을 수 없는 사항이다. 벌거벗고 살아갈 수는 없다. 우리는 먹지 않고 며칠이나 견딜 수 있을까. 또 하루나 이틀 밤의 노숙을 할 수는 있겠지만, 그것을 통상적인 생활이라고 할 수는 없다. 따라서 의식주에 대해 관심을 가지는 것은 당연하겠지만, 문제는 관심을 어떻게 가지느냐에 있다.

평소 사귀고 있는 사람 가운데도 살고 있는 집은 그만그만하지만, 의상에 대해서는 항상 신경을 쓰는 사람이 있다. 고급스러운 의복을 노상 맞춰 입고 그 맵시 또한 우아한 사람이 있다. 그런가 하면 옷에 돈을 꽤 들이고 있구나 하고 한눈에 알아볼 수 있건만, 옷매무새는 영 어설픈 사람도 있다. 음식에 대해서도 똑같은 말을 할 수 있는데, 의복의 경우보다는 훨씬 복잡하다.

* * *

프랑스의 18세기 후반부터 19세기의 4분의 1을 산 브리야 사바랭이라는 사람이 있다. 문학자로 대접해도 좋지만, 대심원 판사의 경험도 있는 사법관이기도 했다. 그러나 그 시대는 유능하고 올바른 이 인물을 그냥 놓아두지를 않아서, 박해를 피해 망명까지 하지 않으면 안 되었다. 망명해 간 쾰른에서 음식점 일을 돕기도 했고, 미국으로 갔을 때는 프랑스어 교사 노릇도 하고, 바이올린을 연주하고 작곡도 할 수 있었으므로 오케스트라에 들어가기도 했다. 조국 프랑스로 돌아와 재판소의 판사가 되고, 대심원으로 되돌아가, 19세기의 25년 동안에는 평온하게 관리 생활을 할 수가 있었다.

그렇다면 어째서 그를 문학자라고 말할 수 있느냐 하면, 명저 『미각의 생리학』을 썼기 때문이다. 프랑스의 백과사전을 보면 이 책 말고도 사바랭의 약간의 저서명이 나와 있는데,

책 이름만 가지고는 그 내용을 짐작하기가 쉽지 않다. 왜냐하면 『미각의 생리학』만 하더라도 그 내용을 알지 못하는 한, 글자 그대로 받아들여서 생리학 책이라고 생각하는 사람이 있을지도 모르기 때문이다. 게다가 『미각의 생리학』은 다시 '혹은 가스트로노미의 명상—문학, 과학, 기타 여러 학회의 회원인 한 교수가, 파리의 미식가에게 바치는 이론과 역사와 일상의 문제를 다룬 책'이라는 기다란 부제가 붙어 있어서, 혼란은 한층 깊어질 것 같다. 게다가 익명으로 출판되었다.

* * *

우선 책의 차례를 살펴보기로 하자.

여기에는 분명, 감각, 미각, 식욕에 대한 정의가 있고, 갈증과 소화에 대한 심오한 감상도 들어 있지만, 각론을 보면, 칠면조, 물고기, 설탕의 용도, 커피 끓이는 방식에 대해 논하고 있으므로, 결국 요리책이라고 생각하지 말라는 법도 없다.

하지만, 모든 책들을 말끔하게 분류하고자 하는 우리의 버릇이 드러났을 뿐, 세상에는 분류를 할 수 없는 책이 있다고 해서 이상할 것은 없다. 그러므로 사람에 따라서 식탁이나 부엌 근처의 시렁에 놓아두어도 좋을 것이고, 철학 혹은 철학스러운 책들이 꽂혀 있는 책장에 끼워 넣는다 해도 잘못이라고 할 수는 없다. 이는 저자 브리야 사바랭의 참뜻이 어디에 있는지 알 수 없다는 이야기는 아니다.

나는 맛있는 요리를 만들어 보고 싶은 생각이 우러나서 이것을 다시 읽어 본 일은 물론 없지만, 이 책의 광의의 '식(食)'에 대해 써 놓은 문장 가운데, 뜻밖의 경구와 잠언, 명언을 종종 발견하게 되었으므로 여기에 채택해서 소개하고자 하는 마음이 들었다.

그리고 이 『미각의 생리학』과 나란히 동양에는 『수원식단 (隨園食單)』이 있다고 한다. 저자 원매(袁枚:호는 隨園)는 청나라 때 문인으로서, 브리야 사바랭보다는 40세가량 연상이 되겠는데, 이 책은 세세한 조리법 책이라고 하면 될 것이다. 말할 것도 없는 일이지만, 중국에 관한 일인 만큼 우리 일상 식탁에는 오르지 않는 재료도 상당히 많다.

* * *

앞에서 이 책의 부제에서 가스트로노미라는 낱말을 번역하지 않고 그냥 놓아두었는데, 굳이 번역한다면 미식학, 혹은 극상의 조리법이라는 뜻이 될 것이다. 가스트로놈은 미식가라는 뜻이다.

몇 해 전부터인지 '구르메'라는 일본 가타카나 명칭이 일상에 쓰이게 되었다. 일본에서는 그럴싸한 외래어가 곧잘 발생하곤 한다. 이는 gourmet라는 프랑스어에서 온 것인데, 오래전에는 술 감정을 하는 사람을 그렇게 불렀던 모양이다. 그러나 이제는 흔히, 식통(食通), 미각통(味覺通)이라는 뜻으로 쓰이고 있다.

나는 구르망이라는 명사 혹은 형용사를 중학교 때 배웠다. 명사라면 '미식가' 혹은 '대식한', 형용사라면 '식도락의', '탐욕스러운'이 되며, 구르망디즈라고 하면 식도락이다.

그런데 『미각의 생리학』에는 '구르망디즈에 대해서'와 '구르망에 대해서'라는 명상이 있다. 이를 정의하면서 그는 '구르망디즈란 특히 미각을 기쁘게 하기를 정열적으로 그리고 상습적으로 사랑하는 마음이다'라고 한다. 그리고 '구르망디즈는 폭음폭식의 적이다. 과식을 하거나 술에 취해 떨어지는 사람은 모두 구르망의 명부에서 배척된다'고 말한다. 그러고 보면, 브리야 사바랭의 구르망의 개념에서 대식한의 뜻은 사라져야 한다.

그런데, 여기서 또 하나의 말이 튀어나온다. '구르망디즈에는 프리앙디즈도 포함된다.' 이 프리앙디즈는 단맛의 과자류를 가리키는 말인데, 동시에 그 단것, 양이 적은 가벼운 요리를 즐기는 일이기도 하다. 사바랭은 구르망디즈의 변종이라고도 말한다. 따라서 영양을 섭취하는 기관이 건강해야 하고, 정신면으로 보더라도 식욕에 이끌리고, 맛에 의해 지탱되고, 그리고 쾌락이라는 보답을 받는 일이 중요하다고 설명한다.

구르망디즈는 필요한 물질, 예컨대 브랜디, 포도주, 설탕, 향료, 기타 온갖 식료품의 교환을 통해 여러 국민을 결합시키는 이점이 있는데, 그 위력은 기적과도 같다.

* * *

브리야 사바랭이 구체적으로 어떤 방법으로 지식을 수집했는지, 상식을 엄청나게 초월한 박식가이고, 그것이 적절하고 교묘하게 이 책 속에 중요한 색조로 스며들어 있다. 그것은 플루타르코스나 몽테뉴 등이 그들의 저서에서 구사한 인용과 일화의 사용 방법과 비슷하기도 하고, 책에서 얻은 지식과 똑같은 비중으로 남에게서 들은 이야기, 때로는 자신의 체험을 곁들임으로써 독자를 만족시키는 요령을 터득하고 있다.

이렇게 문장을 구사하는 요령은 잘 생각해 보면, 맛좋은 요리를 만들 때의 솜씨, 혹은 감각이 그대로 구사된 게 아닐까 여겨진다. 그렇다면 독자로서 이 요리를 대접받는 우리는 이를 맛보기 위한 생리적인 여러 조건 갖추기를 망각해서는 안 되며, 지나치게 허겁지겁 먹고 마시느라고 참맛을 음미하기를 망각해 구르망의 명부에서 삭제되는 일이 없도록 조심해야 할 것이다.

* * *

『미각의 생리학』 첫머리에는 '이 책의 서문이 되는, 혹은 가스트로노미의 영원한 기초가 되는' 20개의 아포리즘이 올라 있다.

'생명이 없으면 우주도 없다. 그리고 생명을 가진 것들은 모두 자양분을 섭취한다.'

'금수(禽獸)는 우겨넣고, 사람은 먹는다. 교양 있는 사람이어야 비로소 먹는 법을 안다.'

'국민의 성쇠는 어찌 먹느냐에 달렸다.'

'어떤 것을 먹고 있는지 말해 보게. 자네가 어떤 사람인지를 알아맞혀 보겠네.'

'……바로 판단력이 있기 때문에 우리는 특히 맛좋은 것을, 그런 성질을 갖지 않는 것으로부터 가려내는 것이다.'

'누군가를 식사에 초대한다는 것은, 그 사람이 자신의 집에 머무르는 동안 내내 그 행복을 감당한다는 것이다.'

이것은 브리야 사바랭이 스스로 아포리즘이라고 말한 것 가운데 일부분이다. 모두가 '식(食)'과 관계있는 것뿐이지만, 각각 읽는 사람의 내부에서 외연(外延)을 펼쳐 가며 온갖 자극을 주어서 생각지도 못한 발전을 하게 한다. 이에 대해 브리야 사바랭은 이해하고 있었지만, 어떤 자극을 주게 되는지까지는 정확하게 계산할 수는 없다.

따라서 이런 아포리즘에 국한되지 않고, 아포리즘을 해석한다든지 분석한다든지 그에 대한 감성을 내놓는다든지 힐 일은 아니다. 그것은 건강체가 식탁에 앉을 때의 식욕도 아니고, 또한 충분히 맛본 후의 만족스러운 기분도 아니다. 굳이 말한다면, 자신의 기호에 맞는 요리를 먹을 때 불쑥 솟아오른, 표현하기 지극히 어려운 것이다. 그대로 몽땅 가지고 돌아갔으면 생각하면서도 그럴 수도 없어, 언제까지나 잊지 말았으면 하고 원하는 것이다.

* * *

깜박 잊어버릴 뻔했는데,『미각의 생리학』같은 것을 소개하기는 했지만, 나는 미식가이기는커녕, 미각에 대해서는 매우 둔감한 인간이라고 생각하고 있다.

나에게 맛있는 것을 먹게 해 주려는 사람이 나타나기는 하지만, 이에 대해서 늘 응하지 않는 바람에 성미가 비뚤어진 자로 치부되기 쉽다. 나를 초대해 주는 사람이 나의 '행복을 감당'해 주는 것 이상으로 내 쪽에서도 신경을 쓰게 되고, 그나마도 당치도 않게 신경을 지나치게 쓰는 바람에 나의 미각은 3분의 1 혹은 5분의 1로 떨어지고 마는 모양이다.

나는 진짜배기 미식가에 대해서라면 존경도 하고 동경도 하겠지만, 그런 사람하고는 좀처럼 만나기가 어렵다.

마음이 가난한 자

「마태복음」

책의 발행 부수와 그 수명의 길이로 말한다면, 지금까지 성서와 맞먹을 만한 책은 없을 것이다. 그리고 앞으로도 이런 상태가 허물어질 것 같지는 않다. 그 발행 부수를 계산한 사람이 있는지 어떤지도 알 수 없지만, 정확한 숫자 같은 것은 도저히 알 수가 없다.

그런데 기독교를 믿는 사람이 있는 가정은 그렇다고 치고, 몇몇 사람들에게 물어보면 책을 좋아해서 잘 읽는 사람들까지도 성서를 가시고 있는 사람은 의외로 적다. 그러고 보면 성서는 기독교 신자와 교회에 다니며 설교도 듣고 나름대로 어느 정도 신앙의 길을 가 보기로 결심을 한 사람 말고는 없어도 되는 종류의 책이란 이야기다.

외국의 사정은 어떤지 모르지만, 일본의 일반 가정에서는 없어도 그다지 불편을 느끼지 않는 책이다. 성서를 통독하자면 엄청난 끈기를 필요로 한다. 통독까지는 아니더라도 성서를 얼마간이라도 읽어 본 일이 있느냐고 물었을 경우, 읽은 일이 없다고 해도 전혀 창피하지도 않고 그런 질문을 하는 사람도 아예 없다. 성서를 읽으세요, 하고 현관에 가끔씩 나타나는 사람이 있는 정도다.

나는 아직까지 기독교 신자가 아니고 다른 종교를 신앙하는 자도 아니다. 신의 존재를 믿느냐는 질문을 받는다면, 회의적인 대답밖에 나올 수가 없다. 죽은 다음의 뒤처리를 조상과 관계가 있는 절에 부탁하게 될지도 모르지만, 그것은 신앙과는 별개의 이야기다.

그러나 성서는 아마도 고등학교 시절부터 나의 서고에 놓여 있었고, 지금도 사전과 도감류가 있는 칸에 놓여 있다. 이는 나 자신의 공부를 위해 꼭 필요했기 때문인데 그 후로 영역, 프랑스어역, 라틴어로 된 것, 그리고 성서 사전 같은 것도 한군데에 몰아 놓고 유효하게 이용하고 있다.

여기서 미리 말해 두는 편이 좋을 것으로 생각되는데, 성서의 이런 취급을 놓고 어떤 신자로부터 '매우 좋지 않다'는 충고를 받은 일이 있다. 그럼, 어떻게 취급하면 되느냐고 물은 일이 있는데, 그에 대한 답은 얻지 못했다. 즉 나에게 충고를 한 사람의 표정으로 짐작하건대, 거룩한 성서를 사전류와 같은 식으로 다루는 것은 당치도 않은 일이라고 말하고 싶었던 모양이다.

그런 일도 있고 해서, 이 책에다 성서를 더해 놓고, 성서를 논할 자격이 없는 인간이 쓰고 있는 사실만으로 분노하는 사람이 있지 말란 법도 없으므로 충분히 그런 점도 감안해서 쓰고 있음을 말해 둔다.

* * *

성서의 성립 등에 대해서, 내가 알고 있는 범위는 그야말로 백과사전 등에 설명되고 있는 것의 몇 분의 일 정도다.

히브리어와 일부분은 아람어로 기록된 구약성서 39권은 기원전 12세기부터 약 천 년 동안에 이스라엘 민족이 남겨 놓은 기록이며, 그리스어로 기록된 '신약성서' 27권은 그리스도의 사후에, 마태, 마가, 누가, 요한, 바울, 베드로, 유다 등의 이야기를 기록한 것이다.

성서 전반에 관해 깊이 파고들었다가는 독자를 미로로 끌어들이게 될 뿐 아니라, 나 자신도 헤매게 될 것이 뻔하므로, 여기서는 신약성서 중의 「마태복음」을 다루기로 한다.

복음서라는 것은 그리스도의 전기로서, 신으로부터 온 기쁜 소식을 알리는, 즉 복음을 사람들에게 전한 이야기다. 마태전, 마가전, 누가전, 요한전이라고 하면 이 사람들의 전기처럼 받아들일 수도 있으므로 1954년부터 나온 구어역(口語譯)에서는 누구누구에 의한 복음서라는 명칭을 쓰고 있다.

그 각 이름이야 어떻든, 나 같은 사람은 구어역에 아직도 익숙하지 않아, 성서에서 인용을 하게 되는 경우에는 오래전부터 사용되어 온 문어조의 번역문을 인용하고 싶어진다. 어찌되었든 이들 4복음서는 1세기까지 사이에 정리된 모양이다.

그런데 마태라는 인물은 그리스도의 12사도 중 한 명이고 원래는 세금을 거두는 관리였다고 하는데, 예전부터 이런 관리 가운데는 금전에 대한 감각이 예사롭지 않은 자가 많아서, 민중으로부터 기피되고 있었다. 마태가 어떤 관리였는지는 알 수 없지만 그리스도의 제자가 된 되로는 딴사람이 되었다는 것을 보면, 지난날에는 자신의 잇속을 차리던 인물 중의 하나였는지도 모른다. 그런 속내를 파고드는 일은 다른 기회로 미루고, 마태의 복음서 안에는 그리스도가 예전부터 예언

되어 온 구세주라는 것을 이 기록으로 증명하고자 하고 있다는 점은 확실하게 알아볼 수가 있다.

* * *

그리스도라는 말은 구세주를 가리키는 말이므로 예수라는 본명을 사용하는 편이 좋다. 그의 생애를 몇 자 안되는 글자로 써 보면 다음과 같다. 북팔레스타인의 베들레헴에서 태어나서 선교를 시작한다. 그의 말을 들은 사람들은 하느님 나라가 도래했음을 감지하고, 예수의 말을 따르는 자의 수가 불어났다. 이에 대해 유대교의 대표자 등이 반대를 했기 때문에, 대결을 결심한 예수가 예루살렘의 신전에서 설교를 하다 체포되어 로마 총독 빌라도에 의해 십자가 위에서 사형되었다. 그리고 사흘 만에 부활했다.

하지만, 우리는 예수의 생애에서 일어난 중간 중간의 사건이나, 여러 기회에 말한 여러 가지 이야기들을 막연하나마 좀 알고 있다.

나는 지금부터 30년 전에, 매날 어떤 삼시에 발표를 하면서 예수의 생애를 써서 한 권의 책을 냈다. 물론 이 4복음서를 바탕으로 해서, 1년 동안 상당한 수의 참고가 될 만한 문헌들을 읽었다. 어리석은 오독을 하지 않도록 신경을 쓰고는 있었지만, 앞에서 이야기한 바와 같이 신앙심이 없기 때문에, 자기류의 해석을 더해서 성서의 말꼬리를 잡는 듯한 이야기를 써 버리고 말았다. 논리로 받아들이려 하다가는 논리에 맞지 않는 곳이 얼마든지 눈에 뜨인다.

이제 「마태복음」을 다시 읽어 보더라도, 논리적으로 말이 통하지 않는 이야기는 역시 마음에 걸린다.

'심령이 가난한 자는 복이 있나니, 천국이 저희 것임이요' 이것은 5장 3절의 '산상수훈'으로서 매우 유명한 것이다. 이 수훈만 가지고 훌륭한 책을 쓴 학자도 있다.

그런데 어떤 이야기에 대해 신경이 쓰이다 보면 올바로 받아들일 수가 없어지는 경향이 있는데, 그래서 오히려 평소에는 해 보지도 않았던 생각을 하게 된 끝에 내 안에서 커다란 발견을 하게 되는 일도 있다. 받아들여지지 않는 것을 마음속에 품고 있게 되면 마음이 편치 않은 사람은 이에 정통한 사람을 찾아가, 납득을 할 수 있을 때까지 설명을 듣게 된다. 이것도 하나의 방법일 수가 있겠지만 그렇게 한다고 해서 모든 일이 다 해결될 수 있는 것도 아니다.

실토하자면 이 '심령이 가난한 자'만 해도 나로서는 해결을 보지 못한 말이다. 그것은 자신의 가난함을 알고 있는 겸허한 사람을 가리키는 말이라는 설명을 들어도, 성서의 다른 부분에도 나오는 '가난함'의 표현을 그러모아 보아도, 그것을 도저히 이해할 수가 없다. 오랫동안 생각해 온 일이므로, 얼마든지 그 미망에 대해 이야기할 수는 있지만, 이제는 다시 모든 것을 백지로 삼아 새로이 생각해 보아야겠다는 기분이 되어 있다. 이는 매우 창피한 일인데, 나 자신의 마음이 가난하지 않다는 증거일지도 모른다.

「마태복음」 중에는 산상수훈만이 아니라, 예수의 말로서 유명한 것이 이 밖에도 많이 있다. '좁은 문으로 들어가라. 멸망으로 인도하는 문은 크고 그 길이 넓어 그리로 들어가는 자가 많고, 생명으로 인도하는 문은 좁고 길이 협착하여 찾는 이가 적음이니라'(7장 13~14절), '공중의 새를 보라. 심지도 않고 거두지도 않고 창고에 모아들이지도 아니하되 너희 천부께서 기르시나니, 너희는 이것들보다 귀하지 아니하냐…… 들의 백합화가 어떻게 자라는가 생각하여 보라. 수고도 아니하고 길쌈도 아니하느니라'(6장 26~28절), '새 포도주를 낡은 가죽부대에 넣지 아니하나니'(9장 17절), '너희 중에 누구든지 으뜸이 되고사 하는 자는 너희 종이 되어야 하리라'(20장 27절).

* * *

성서의 이러한 단편들을 잘 기억해서 속담처럼 구사하는 사람도 있지만 이를 부러워할 필요는 없다. 게다가, 2천 년의 시대 변화를 아주 무시하고, 낡은 해석에 따라 성서의 이야기를 끄집어냈다가는 우스꽝스러운, 그리고 때로는 매우 위험한 오류를 범하게 되는 일도 있다.

성서 읽기란 그런 의미에서 어렵다. 경솔한 해석으로, 현실의 소중한 생각을 부정해 버리는 일도 일어난다.

물론 성서를 이런 주의를 한시도 게을리하지 않으면서 읽어 본다면, 그곳에는 숱한, 우리의 양식이 되어 줄 수 있는 사상과 이야기들이 들어 있다. 또 한 가지, 다른 의미로도 성서를 가까이 둘 필요가 있다.

그것은 외국의 여러 문학 작품, 그림, 조각, 그리고 음악을 이해하기 위해서다. 기독교 문화의 영향 아래 자라난 모습을 가능한 한 정확하게 파악하고 있지 않아서는 이런 서양 예술을 제대로 이해할 수 없기 때문이다.

이는 오랜 세월의 경험을 통해서 확실히 말할 수 있는 것이다. 그리스 문명 말기에 시작된 서양 철학의 역사를 살피는 데도, 그리고 직접 종교하고 관계가 없을 것으로 여겨지는 철학 사상을 조금 깊이 있게 살펴보는 경우에도 필요하게 된다. 이를 불리한 조건 정도로 생각하지 말고, 꼼꼼하게 확인하도록 노력하는 것이 좋을 것으로 생각한다. 그런 의미에서 성서는 심심풀이로 읽기보다는, 대충 어떤 것인지 이해할 수만 있다면, 우리가 사전처럼 사용하는 일 역시 허용되어도 좋을 것 같다. 그리스도의 생애의 한 부분을 제재로 삼은 그림과 조각이 매우 많은 만큼 이를 제쳐 놓고 서양 미술사를 파악하기란 불가능하다. 기독교가 일본에 들어온 후부터는 일본의 여러 예술 분야를 이해하는 데도 이 지식을 빼놓을 수 없게 되었다.

가까운 시일 내에 나는 바흐의 〈마태 수난곡〉을 들으러 갈 터인데, 이미 몇 번인가 들은 바가 있는 이 곡을 좀 더 깊이 이해하고, 새로운 발견이 있기를 기대하고 있으므로 이 복음서의 26, 27장을 중심으로 읽어 볼 생각이다.

태양과 죽음

라로슈푸코 『성찰과 잠언』

'태양과 죽음은 응시할 수 없다.'

이 말과 처음으로 만나게 된 것은 나의 공부방이 아니었다. 고등학교 학생이던 무렵에 차례차례 읽어 나가던 책들에서 영향을 받아 이를 친구들에게 공개하다가 이치를 따지느라 충돌이 일어나기도 하고, 내심으로 과연 그렇군 하고 공감하기도 했다.

그리고 한참 건방을 떠는 우리들이 하는 말에 대해 심하게 상처 주지 않으면서, 진지하게 존중해 가면서 들어 주시는 선생님 댁으로 두세 명이 찾아가, 선생님의 공부에 방해가 된다는 점을 조금도 고려하지 않고 심야까지 죽치고 앉았던 경우가 숱하게 많았다.

그 선생님의 서재에서 이 라로슈푸코의 말을 듣게 되었다. 선생님이 어떤 일을 계기로 이 말씀을 하셨는지 확실하게 기억해 낼 수는 없지만, 그곳에 와 있는 모두를 향해 말씀하신 것이 아니라, 특히 나에게 가르쳐 주셨다는 것만큼은 확실했다.

그래서 나는 당장 양서를 취급하는 서점으로 가서 주문하기 전에, 재고 책들이 배열되어 있는 곳을 보자마자 이를 발견할 수 있어서 사 가지고 왔다. 선생님이 가르쳐 주신 이 말을 한 권의 책 속에서 찾아내기란 꽤 힘들 것으로 생각했다. 하지만, 이 책은 『성찰과 잠언』이라는 이름만으로도 알 수 있을 정도로 짧은 글들이 실려 있었으므로, 설혹 그 수가 650개가 되기는 했지만 찾아내기는 그다지 어렵지 않았다.

Le soleil ni la mort ne se peuvent regarder fixement.

이 말을 그때부터 50년 동안 몇 번이나 곱씹어 보고, 몇 번이나 써 보았던가.

하지만, 이 짧은 글을 논리적으로 해석해 보려 하면, 깔끔하게 납득할 수는 없게 된다. 아주 투명한 창공을 건너가는 태양을 응시하다가는 눈이 찌부러지고 만다. 이를 시도해 보려 해도 불가능하다. 일식 때가 되어 누구나가 태양의 신기한 일식 과정을 보려 할 때면, 반드시 짙은 선글라스를 사용하거나, 꼼꼼하게 그을음을 붙인 유리를 사용해서 보라는 경고가 나온다. 하지만, 그 태양과 죽음은 너무나 이질적이기도 하고, 선글라스에 해당하는 무엇인가를 사용해 보았자 죽음은 보이지 않는다.

죽어가는 사람, 특히 가까운 사람이 숨을 거두어 가는 모습을 바라보는 일은 매우 가슴 쓰리지만, 그럼에도 괴로움을 참고 지켜본다. 그렇다면 태양과 죽음을 나란히 놓은 것은 어떤 뜻이란 말인가, 남의 죽음이 아니라, 이윽고 나에게도 차례가 돌아오는 죽음을 가리키고 있는 것일까.

실은 이런 생각을 하다 보면, 모처럼 머리에 번쩍 떠오른 단상이 얼굴을 찌푸리게 만든다.

* * *

나는 라로슈푸코의 이 책을 좀 진지하게 읽으면서, 그의 인물 됨됨이에 대해서도 가능한 한 상세하게 알고 싶어져서 몇몇 전기를 아울러 읽게 되었다. 1613년부터 1680년까지의 생애로, 집안이 좋아 언제나 궁정과 관계된 일로 움직이고, 군대에도 복무하고 귀부인들의 살롱에도 부지런히 드나들었다. 이 정도면 대강 그 윤곽을 파악할 수 있다.

그 당시 재상인 리슐리외가 어떤 인물이었는지에 대해서는 새삼스럽게 설명할 필요는 없겠는데, 그에 반대하는 음모에 가담했다가 투옥되기도 했고, 또한 2년간의 칩거를 강제당하기도 했다. 그리고 다음 재상 마자랭에 대한 음모에도 가담했는데, 이 역시 실패했다. 하지만, 이 일들은 그 자신의 생각에 따랐다기보다는, 연이어 바뀐 애인에 대한 봉사 행위였다.

몸과 마음에 상처를 받은 그는 고향에 틀어박혀 『회상록』을 쓰기 시작한다. 그 후로 파리의 살롱에 드나들게 되는데, 그곳에는 폴 루아얄의 신학자들도 있었으므로, 인간의 내면 생활에 관한 논의를 듣게 되고, 대화에도 끼어들어, 언어에 의한 유희를 즐기기도 했다. 이들은 모두 『성찰과 잠언』을 탄생시키는 동력이 되었다.

* * *

『성찰과 잠언』의 초판이 간행된 것은 파리로 옮겨가 사교계에 드나들게 되고 10년 후인 1665년의 일이다. 그 후 라로슈푸코는 자신의 잠언집에도 손을 대서, 어떤 잠언은 삭제하기도 하고, 새로 덧붙이기도 하면서, 개정판을 제5판까지 내

놓고 있다. 애착을 가지고 있었다는 이야기인데, 또 한 가지 생각할 수 있는 일은, 이런 종류의 단상은 그 생각이 떠올랐을 무렵에는 자신의 마음에 충실해서 그런 표현 말고는 다른 방법이 없었던 것이었지만, 시간이 지남에 따라 자신의 마음에도 미묘한 변화가 일어나는 데다 이를 받아들이는 세상 쪽에도 변화가 생기기 때문에 정정하고 싶은 말과 에두른 표현이 보이게 된다.

따라서 각 판에서 정정되거나 가필된 부분을 꼼꼼하게 골라내고, 새로이 덧붙여진 잠언 내용을 음미함으로써, 그의 마음에 일어난 미묘한 변화를 살펴볼 수 있다는 점도 생각할 수 있다.

단상(斷想)이라는 양식은 프랑스의 모럴리스트 소리를 듣는 이들이 많이 채용하고 있는데, 그 당시의 자신을 거짓 없이 드러내고 싶을 때, 이런 수단을 채택하지 않을 수 없었다는 점도 이해할 수 있다. 자신의 사상 체계를 구축하고자 하는 사람들과 대조되는 것은 이 때문이다.

따라서 모럴리스트가 남겨 놓은 단편을 읽다 보면, 한 인간이 쓴 것이면서도 서로 모순된 것이 종종 발견된다. 하지만, 이는 체계 속의 모순하고는 애당초에 의미가 다른 만큼 이를 지적해 보았자 소용이 없다.

* * *

　『성찰과 잠언』의 속표지에는, '우리 미덕 중 거의 모두는 변장한 악덕이다'라는 말이 내걸려 있다. 이에 반대 의견을 가진 사람까지 포함해서, 이는 매우 똑 부러진 표현이다. 이와 동시에 『잠언』을 되풀이해서 읽어 보면 알게 되는 것인데, 라로슈푸코의 생각을 가장 명료하게 표현하고 있는 말이기도 하다.

　나는 이 생각에 반대할 기분이 들지 않는다. 세상에 위선자가 많은지 어떤지는 알 수가 없다. 그보다도 자신이 미덕이라고 생각하고 있는 그날그날의 행위와 행동을 되돌아보면, 이 말이 떠오르게 되는 것이다. 처음부터 의도적으로 선행인 듯이 보여 가면서 뒤에서는 딴 생각을 하고 있는 것은 논외로 치고 말이다.

　라로슈푸코가 이런 생각을 가지기에 이른 과정을 생각해 볼 수는 있다. 어떤 학자는 살롱에서 주고받은 신학자들과의 대화를 중시한다. 즉 원죄를 가진 인간은 선과 악에 대한 구별이 애매해지는 바람에 이를 구별할 능력을 상실했다는 사상 말이다.

　이런 영향이 있었을지도 모른다. 하지만 그런 논리적인 납득보다도 그가 그때까지 궁정을 중심으로 한 생애를 보내는 동안 어쩔 수 없이 체험해 온 것의 결과라고 할 수도 있다. 그렇다 하더라도 그 체험을 자신의 머릿속에서 어떻게 키워 나가는지는 사람마다 다를 터이므로, 너무 단순하게 상상할 수는 없다. 인간성에 관해 늘 관심을 가지고, 기회가 있을 때마다 만나는 사람들의 마음의 상태와 언행과의 관계를 응시한 결과 이처럼 많은 말들을 남겨 놓은 것이리라.

미덕이란 거의 모든 경우 변장한, 혹은 가면을 쓴 악덕에 지나지 않는다는 말에 납득이 가지 않는 사람도 있을 터이지만, 그들이 이 책을 읽으면서 어느 대목에서 어떤 잠언을 만나 라로슈푸코의 생각에 기울어져 가는지, 그리고 그 사람 역시 사람의 가면과 변장 속에 감추어져 있는 본색을 제대로 꿰뚫어보게 되는지 이것이 알고 싶다.

그런 의미에서, 별로 난해한 이야기를 하고 있지 않은 잠언 모두를 음미해 가며 읽어 주기를 바라는 것이다.

'베풀기 좋아한다는 것은, 대개는 준다는 허영이다. 주는 물건보다는 허영을 택한다는 것뿐이다.'

'강이 바다로 사라지듯, 미덕은 이해관계 속으로 사라진다.'

'허영이 지껄이게 하지 않으면, 사람은 거의 지껄이지 않는

다.'

'사람은 칭찬받고 싶어하기 때문에 칭찬한다.'

'악덕이 우리를 버리면, 우리는 악덕을 버렸다고 생각하며 으쓱하게 된다.'

'소박한 듯이 행동하는 것은 치밀하게 꾸민 사기다.'

'여태까지 허물을 드러내지 않은 사람이 있다면, 그것은 허물이 발견되지 않은 채로 있다는 것이다.'

'군주에게 바치는 헌신은 제2의 자기 사랑이다.'

'사람은 일반적으로, 악의보다는 허영 때문에 흉을 본다.'

* * *

이처럼 잠언을 늘어놓다 보면 끝이 없다. 시대도 나라도 환경도 아주 다른 사람의 말이므로 이해하기 곤란한 것들이 더 있어도 좋으련만, 그런 것이 별로 보이지 않는다. 그것은 그가 특수한 어떤 인물의 마음의 움직임을 묘사하고 있는 것이 아니라, 자신의 마음을 통해 뚫어지게 인간성을 응시했기 때문이다.

하지만 그가 지적하고 있는 일들이 그다지 저항을 느끼지 않고 이해된다는 것은, 그가 냉철하게 진단하던 당시의 인간과 우리가 전혀 변화하지 않았다는 이야기이이기도 하므로 조금은 쓸쓸한 마음이 들기도 한다.

인간이 현재 실제로 행하고 있는 온갖 일들을 들여다보면서, 인간은 끝내 현명해질 수 없단 말인가 하는 생각이 드는 것은 서글픈 일이지만, 이제 차분하고 엄밀하게 인간이 미래를 향해, 이렇게 저렇게 되었으면 하는 인간상을 머릿속에 그린다는 것은 쓸데없는 일이 아닐 것이다.

가면을 벗고 보여준 인간의 맨얼굴은, 우스꽝스러운 표정을 하고 있다. 지금도 우리는 가면을 뒤집어쓰고, 변장도 하고 있다. 그리고 가면을 쓰고 변장하는 일이 좀 더 교묘해진 것인지도 모른다. 이 상상은 좀 더 가공스럽다.

운명의 여신

마키아벨리의 『군주론』

아무리 훌륭하다고 인정받은 고전이라 하더라도 그것이 발표되고 나서 얼마 동안은 비평의 대상이 된다. 사상서의 경우 그 의견에 동의할 수 없는 사람, 그 사상을 위험시하는 사람, 혹은 내용이야 어쨌든 표현의 수단, 구성과 세세한 문체에 이르기까지 비판받는 일이 드물지 않다. 책이라는 것은 모든 독자의 마음에 들도록 애써서 기록되는 것이 아니다. 그리고 설혹 그런 의도를 가지고 쓰인 책이 있다 하더라도, 독자는 언제나 엄정한 눈을 가지고 있으므로 얼마 안 있어 그런 책은 무시될 것이다.

처음부터 유독 비판의 대상이 된 다음 그것이 언제까지나

지속되고 있는 책이라 하면, 마키아벨리의『군주론』을 떠올리는 사람이 많을지도 모르겠다. 그것은 내용을 읽기 이전에 마키아벨리즘이라는 낱말이 떠오르게 되기 때문이다. 마키아벨리즘이란 권모술수주의이고 근대 국가가 요구하고 있는 것과는 상당한 차이를 볼 수 있기 때문이다.

마키아벨리(1469~1527)는 정치학자라 하기도 하고 역사가라고도 하는데, 희극『만도라골라』, 비극『클리치아』를 썼고,『벨파고르』라는 우화도 써 놓았다. 하지만 그의 사상을 올바로 알기 위해서는 피렌체 공화국에서 보인 그의 활동을 당시의 여러 정세와 함께 정확하게 살펴볼 필요가 있고, 연구자의 의견도 참고로 하지 않으면 안 된다. 하지만 이것은 일반 독자에게 요구해 보았자 거의 불가능에 가까운 것으로, 번역서에 딸려 있는 해설과 번역문에 있는 주(註)를 통해 그 대략을 참고하면서 본문을 읽게 마련이다.

* * *

『군주론』은 분량 면에서는 결코 많지 않다. 그리고 내용을 보여주는 말이 붙어 있는 26장으로 구성되어 있으므로 읽기에 난해한 문장은 아니다.

마키아벨리는 인간, 특히 군주가, 어떤 원인 때문에 칭찬을 받게 되는지, 그리고 비난을 받게 되는지를 고찰한다. 사람이 실제로 '살아가는 방식'과, 사람은 '어떻게 살아야 하는가' 하고는 현격한 거리가 있어, 이상을 추구하는 한 자신을 지탱할 수 없게 될 터이므로 파멸하고야 만다. 따라서 무엇보다도 자신(국가)을 지탱해 나가야 할 군주는, 선인이 되어야겠다는 마음을 버리고, 좋지 않은 인간이 될 수도 있어야 한다.

가령 인간으로서 빼어난 기질을 빠짐없이 스스로 가지고 있는 사람이라면 모를까, 그런 인간이 존재할 턱이 없지 않은가. 그러므로 나라의 존망과 관계되는 일의 경우에는 악덕을 구사해야 한다. 그것으로 오명을 얻게 되기는 하겠지만 그렇게 함으로써 자신의 안전을 유지할 수 있고 나라 역시 번영한다는 결과를 얻을 수가 있다.

이에 더해 너그러움, 관인(寬仁)과 인색에 대한 고찰이 있다. 세상 사람들은 군주에 대해 너그럽다느니 인색하다느니 하고 비평한다. 그리고 너그럽다는 평을 받으면, 그 평판을 지속시키기 위해서 사치에 빠질 수밖에 없게 되고, 그렇게 되면 백성에게 중과세를 하게 될 터이므로 결국 해를 끼치는 결과가 되고 만다. 그보다는 인색하다는 소리를 들어 가면서 절약에 힘쓰다 보면, 백성의 부담이 경감되어 상찬을 받게 된다.

너그럽다는 평판을 얻기 위해 탐욕스러운 인산이 되기보다는 인색하다는 오명만을 받을 뿐 미움을 받지 않는 편이 군주로서는 현명하다.

역시 같은 논법으로, 군주는 잔혹과 연민 중에서 어느 쪽을 취해야 할까. 사랑받는 것이 좋은지, 두려움의 대상이 되는 것이 좋은지도 논의되고 있다.

군주는 잔인하다는 악평을 받더라도 엄하게 처벌해야 할 때가 있다. 지나치게 연민을 깊게 하다 보면 나라의 질서가 흐트러진다. 사랑받으면서 두려움의 대상이 되는 편이 소망스러운지는 모르지만 그것은 지극히 어려운 일이므로, 사랑받기보다는 두려움의 대상이 되는 쪽이 좋다. 그 이유는 인간이란 일반적으로 은혜를 잊기 쉬운 데다, 변덕스럽고 위선자이며 위험에 처하면 비겁해지고 이익을 얻을 수 있으면 탐욕에 빠지기 때문이다.

그리고 『군주론』 속에는 군주는 야수의 성격을 배울 필요가 있다는 말도 들어 있다. 즉 여우와 사자를 본받으라고 한다. 사자는 책략의 덫에 걸리고, 여우는 이리 앞에서 제 몸을 지켜 낼 수가 없다. 하지만 여우는 덫을 간파하고, 이리에게 겁을 주기 위해서는 사자가 되어야 한다.

인간 모두가 선인이라면 이 설이 불필요하게 되겠지만, 인간은 흉악하고 약속을 어긴다. 이런 인간을 상대하고 있는 군주는 때로는 선량하게, 그리고 때로는 흉악하게 변할 줄 알아야 한다. 백성은 군주의 겉모습밖에는 볼 수 없으므로, 선량한 듯이 꾸미기만 하면 된다. 설혹 군주의 인물됨 모두를 꿰뚫어보는 자가 있다 하더라도 그 수는 지극히 적으므로, 다수자의 의견을 뒤집어엎을 수는 없는 것이다.

* * *

마키아벨리가 인쇄되어 간행된 자신의 책을 본 것은 『전략론』뿐이고, 『군주론』도 『정략론』도 그의 사후 출판되었다. 따라서 마키아벨리 자신은 그의 저서에 대한 평판에 대해 알지 못했다. 그리고 읽어 보면 알 수 있지만 『정략론』도 『군주론』과 나란히 내용이 충실하며, 그 분량도 『군주론』의 네 배가 조금 넘는다.

지금 『군주론』에서 마키아벨리의 사고가 가장 극명하게 언급되었다고 여겨지는 부분을 소개한 셈인데, 나 자신이 가장 흥미를 느끼는 곳을 지적한다면 그의 운명관이다.

철학자들이 써 놓은 저서 가운데서 '운명', '숙명', '운'이라는 말을 추려내어 본 일이 있다. 철학자뿐 아니라 이 말은 일반 사람들도 흔히 쓰는 말이다.

그것은 운명은 어떤 짓을 해도 거스를 수가 없다는 것이다. 거스르려 했다가는 운명은 우리를 매몰차게 끌고 가지만, 이에 따르려 하면, 오히려 무리하게 끌고 가지 않고 편안하게 이끌어 준다. 운명만큼은 저항하지 않고, 따르는 것이 좋다는 것이 대부분의 태도다.

마키아벨리도, 이 세상일은 '운명과 신의 지배'에 맡겨져 있으므로 무엇을 어떻게 생각해 보았자 이를 수정할 수는 없다, 그렇다면 여기에 몸을 맡기는 것이 현명한 태도이므로 그 역시 이 생각에 경도된다고 말했다.

하지만 인간의 의욕을 그처럼 말끔하게 포기해 버릴 수는 없다. 설혹 운명이 사람의 행동을 지배한다 하더라도 그것이 전체를 마음대로 조종하고 있는 것은 아니므로, 나머지 부분은 운명이 우리에게 맡겨 두고 있다고 생각해야 한다.

'운명은 변전(變轉)한다.' 그런 만큼 인간이 운명에 약점을 노출하게 되면 반드시 그 허점을 파고든다. 마키아벨리는 강물의 흐름을 예로 든다. 강물이 넘치면 강가의 둑을 파괴하고 범람한다. 이에 대해 사람들에게 저항할 방법이 없다면 도망치는 수밖에 없다. 하지만 평소에 둑을 견고하게 구축해서 대비해 놓으면 강이 범람하는 일도 없다. 운명 역시 이와 같이 행동한다.

    이에 대한 마키아벨리의 결론은 다음과 같이 된다. 운명은 변화하는 것이므로, 삶의 방식과 운명의 힘이 합치되면 일을 훌륭하게 치러 나갈 수가 있고, 일치시키지 못한다면 불행한 결말이 되기도 한다. 마키아벨리는 여기서 너무 조심해서 대처하기보다는 용기를 가지고 과감하게 나아가는 편이 좋다고 말한다. 운명을 좌우하는 신은 여신이므로, 씩씩하고 담대하게 행동하면 여신 쪽에서 겁을 먹게 된다는 것이다.

* * *

    하지만 이는 그리 간단하게 해결될 문제는 아니다. 마키아벨리 역시 이를 표현하는 데 매우 고심했다는 것을 엿볼 수 있다.

    하지만 그가 깨끗이 체념하는 마음을 가져서는 안 된다고 경고한 것은 현실의 문제로서 중요하다. 왜냐하면 우리는 종종 도저히 감당할 수 없는 힘에 대해서는 미리미리 이를 알아차려서 거스르지 않고 체념해 버리는 것이 현명하다는 교육을 지나치게 받고 있는 것 같다. '운은 자면서 기다려라' '운부천부(運否天賦)' '운은 하늘에 있다' 등 이 비슷한 속담이 너무 많은 게 아닌가 싶다. 게다가 체념하면 종종 미덕이라며 찬미되는 경우조차 많다.

하긴 이미 지나가 버린 일에 대해 언제까지나 미련을 품고 있는 것은 추한 태도이므로 체념하라고 권해도 좋을지 모르지만, 실제로는 아직 아무것도 다가오지 않은 강력한 힘을 미리 알아차리고 나서 이에 대해서는 승산이 없구나 하고 깨끗이 체념, 굴복할 준비까지 해 버리는 일은 현명한 태도라고 할 수 없을 것이다.

앞날의 풍향을 미리 아는 것은 현명한 일이다. 그러나 그에 대해 아무런 수단도 강구하는 일 없이 불어오는 바람에 순종할 생각을 한다면, 잘못된 현명함이라 하겠다.

마키아벨리의 저작을 읽어 보면 옛 시대의 다양한 인물과 그 행동이 기록되어 있다. 그것은 딱히 저명한 인물에 한정된 것도 아니다. 그의 시대에는 많은 사람들에게 알려져 있던 역사상의 저명한 인물도 오늘날의 우리에게는 생소해져버렸다. 하지만 끈기 있게 그 대목을 읽어 보면 마키아벨리의 인간관이 떠오르게 된다.

인간은 참새처럼 행동하는지라 눈앞의 조그마한 표적에만 신경이 팔려 있는 동안 머리 위로부터 매와 수리의 표적이 되고 있다든지, 인간은 위해를 받게 되지나 않을까 긴장하고 있던 상대에게서 갑자기 친절한 대접을 받거나 은혜를 받게 되면 이를 한층 더 큰 은혜처럼 여기게 된다는 등,『군주론』혹은『정략론』에는 값진 명언이 많이 들어 있다.

마키아벨리의 경우만이 아니라 고전이라는 것은 다양한 독서법이 가능하다. 때로는 저자가 의도한 것과는 다른 것에 주목해 독서를 하다가 귀중한 발견을 하는 일도 있다. 이럴 때의 기쁨은 참으로 크다.

II

자신과의 싸움

숨어서 살기

에피쿠로스의 한 단편

에피쿠로스가 그리스의 기원전 3세기경의 철학자라는 걸 알지 못하는 사람들까지도 에피쿠로스는 쾌락주의자라고 거침없이 말한다. 에피큐리언이라는 말은 에피쿠로스의 학설을 따르는 철학자라는 의미보다도, 그런 어려운 것은 제쳐놓은 채 쾌락주의자와 같은 뜻으로 사용되고 있다. 그리고 쾌락주의자 하면, 남에게건 자기에게건 눈치 볼 것 없이 온갖 욕망을 차곡차곡 만족시키는 사람의 모습을 떠올리게 된다. 식욕이 일어나면 우선 자신이 좋아하는 요리를 떠올리고, 그 욕구를 만족시키기 위해서라면 아까운 것이 없다. 오래 끌던 어려운 일을 일단락지었으니 오랜만에 맛있는 요리라도 먹으러 갈까 말까 생각하는 일은 흔히 볼 수 있는 광경이다. 하지만 쾌락주의자는 그런 망설임 없이 먹고 싶은 것을 흠뻑 먹고, 하고 싶은 일은 진력이 날 때까지 한다. 그러므로 그들은 미식가일 수도 있고, 마음대로 좋아하는 일을 할 수 있는 사치스러운 인간으로 여겨지는 일도 있다. 하지만, 그런 삶, 생활 방식을 가르쳐 가며 권하는 철학자가 에피쿠로스라고 생각하는 것은 잘못이다.

인간은 걸핏하면 자신에게 편리하도록 사물을 해석하는 경향이 강하다. 이 에피쿠로스가 강의하는 것을 제대로 들은 것은 일부 사람들뿐이다. 그로부터 좀 멀리 떨어져 있던 자들은 에피쿠로스에게, '그렇다면 제멋대로 하고 싶은 짓을 마음껏 해도 좋다는 말이냐'는 질문도 하지도 않은 채, 이것은 매우 편리한 학설이로군 하고 받아들인 끝에 속설을 만들어 퍼뜨린 것이 아닐까 싶다.

* * *

나는 지난날 철학 교사로서 대학에 출강해서 철학사를 교실에서 가르친 일이 있었다. 철학사라 했지만 실은 서양 철학사였는데, 내가 다소 면밀하게 조사한 것만을 강의 제목으로 삼을 수도 없는지라 여러 종류의 철학사를 읽고 준비하면서 그리스 철학의 역사를 강의한 일도 있었다.

그렇다고 해서 수많은 고대 철학자들이 써 남겨 놓은 그 많은 저작과 단편류를 소화해 낸 다음, 그 철학 사상의 흐름을 강의한다는 일은 불가능하므로, 우리 현대 사람들도 관심을 가질 수 있는 문제, 혹은 새삼스럽게 다시 생각해 보는 것이 좋을 것으로 여겨지는 문제를 선택해서 이야기하기로 했다.

교실에서 나와 나의 방으로 돌아가, 한숨 돌리고 돌아가려 하고 있는데 한 학생이 쭈뼛쭈뼛 망설이면서 다가와, '교실에서 하신 말씀의 뒤를 좀 더 듣고 싶은데요'란다. 이런 소리를 듣게 되면 나는 금세 기쁜 마음이 들게 되므로, 함께 걸으면서 젊은 학생과의 문답을 즐긴 일이 여러 번 있었다.

일방적으로 교단 위에서 강의하다 이를 마치고 보면 점차 공허한 마음이 들어, 나의 행위에 대한 의문이 가슴속으로 묵직하게 다가온다. 하지만, 그에 대한 반응이 이런 형태로 분명하게 나타나게 되면, 그것만으로도 단번에 기분이 환해지는 것이다.

* * *

에피쿠로스는 플라톤이나 아리스토텔레스처럼 많은 저서가 남아 있는 것은 아니다. 조금밖에 쓰지 않았다는 것이 아니라, 그 대부분이 사라져 버린 모양이다. 지금 우리가 읽을 수 있는 것은 『주요 교설(教說)』이라는 단편과 다른 두 종류의 단편, 헤로도토스, 퓌토클레스, 메노이케우스에게 보낸 3통의 편지뿐이다. 하지만 이 몇 안 되는 문장을 꼼꼼히 읽어 보면 이 철학자의 생각을 꽤 세세한 곳까지도 알 수가 있다.

에피쿠로스의 학문은 지금 우리가 알 수 있는 범위의 학식으로 하면, 물리학과 논리학, 그리고 윤리학이 되겠는데, 학이라는 명칭이 이에 어울리는지는 차치하고, 그저 쾌락만을 논하고 다닌 것은 아니라는 점을 알아두자.

그런데, 나는 예전에 이 에피쿠로스에 대해 시원스러운 강의를 할 수가 없었기 때문에, 이 자리를 빌려 다시 강의를 해야겠다는 식으로 생각하고 있는 것이 아니다. 그러기를 원하는 사람은 남겨져 있는 문장과 단편이 번역되어 있는 『에피쿠로스―교설과 편지』를 직접 읽기를 권한다.

그리고 이제는 더 이상 에피쿠로스라면 당연히 그의 쾌락에 대한 생각을 살펴보아야겠다는 기분을 갖지 않기로 하자.

쾌락에 대해 생각하는 일도, 어떤 경우에나 중요하며 이에 무관심한 사람은 좀처럼 없을 것이라고 생각하기는 하지만,

'숨어서 살라'라는, 오직 그 한마디만으로 된 단상(斷想)도 있다. 그리스어로는 λάθε βίωοχδ로, 말의 뜻은 확실하다. 하지만 너무나 확실하기 때문에, 이것은 도대체 어쨌다는 것일까, 단편인 만큼 앞뒤에 문장이 없기 때문에 짐작도 할 수 없는 골치 아픈 말이 되고 만다.

이런 경우에 생각하는 길은 두 가지가 있을 것 같다. 그중 하나는, 이를 썼거나 말한 에피쿠로스의 진의를 어디까지나 충분히 납득할 수 있을 때까지 탐색하는 것. 또 하나는 에피쿠로스 같은 철학자에 관한 것은 싹 무시해 버리고, 이 말을 계기로 삼아 전적으로 우리 각자의 문제로 삼고서 생각하는 것이다. 물론 이 두 길은 아주 동떨어진 것이 아니다. 에피쿠로스를 떠나서 생각한다고는 하지만, 알 수 있는 한도까지의 일은 알고 있는 편이 생각의 폭도 넓어질 것이다. 또 에피쿠로스의 사상을 연구하고자 하는 경우라 하더라도, 때때로 문헌을 벗어나 자신의 문제로 삼아 보지 않고서는 해석의 길이 막히기도 하고, 간단한 일들을 깨닫지 못해 고생하게 될 테니까 말이다.

* * *

소크라테스와 플라톤 같은 그리스 철학자들의 사상 속에는, 현자와 철학자라고 불리는 사람들이라면 당연히 국가의 정치와 깊은 관계를 가져야 한다는 생각이 꽤 뚜렷하게 들어 있다. 국가가 번영하기 위해서는 철학자가 국가의 정치를 지배하거나, 정치가가 철학을 하지 않으면 안 된다는 것이다. 이상국가를 세우기 위해서는, 모든 것에 우선해서 철학자가 적극적으로 정치에 참여해서 이를 지배해야 한다. 그런데, 에피쿠로스가 '숨어서 살라'고 가르치는 것은, 단순히 은둔 생활을 하라고 장려하는 것은 아니다. 철학자는 정치와 관계를 가져서는 안 된다는 뜻이다. 숨는다는 것은 정치처럼 번거로운 일을 극력 피하고, 이런저런 불안을 갖지 않을 수 없는 삶을 지양하고, 평온한 마음을 가지도록 전념하는 것이 좋다는 가르침이다.

정치에 관여하느냐의 여부는 일단 제쳐놓고, 세상과의 교섭을 극력 피하고 자신의 행복한 생활을 우선시키는 태도에 대해 별의별 의문이 남게 되는 것은 당연하지만, 그런 것으로부터 숨는 일이 우리의 이슈가 될 것이다.

* * *

나는 헛된 짓일지는 모르지만 한문 사전에서 감출 은(隱) 자의 뜻을 조사해 보았다. 언덕의 그늘로 간다. 그러면 언덕에 가려서 보이지 않게 된다는 데서 숨음, 감춤, 세상을 버림, 세상일에 관계하지 않음, 이 같은 뜻이 되고, 동시에 숨김이라는 뜻도 있어서, 비밀로 하다, 피하다, 그리고 우려하다가 된다.

마지막의 우려하다, 걱정하다라는 것은 무엇을 걱정한다는 것일까. 그것은 모두 자신의 순수한 기분이 흐트러지지 않을까 불안해져서, 자신의 몸을 안전한 장소로 옮긴다는 말이다. 이를 조금 찬찬히 생각해 보면, 영향을 받지 않을 만한 수단을 취한다는 것이니까 소극적인 태도처럼 생각되지만, 실제로 해보려 하면 결코 쉬운 일이 아니며, 자신의 의지를 굳게 해서 적극적 자세가 되지 않는 한 중도에 중단하는 결과가 되면서 매우 추한 꼴을 드러내고 만다.

우리 대부분의 사람들은 남과의 교섭에 의해 성립되는 일들을 하고 있는 터이므로, 이를 간단히 중단하기도 매우 어렵고, 가족의 동의를 얻기 또한 쉽지 않다. 숨는다 하더라도 지나치게 비참한 생활을 하고 싶지 않으므로 산장 같은 것을 건축한다. 그러자면 다시 경제적인 변통도 해야 한다. 어떤 일을 하는 경우에도 생각한 것과 실제와의 차이가 크기도 한 데다, 설혹 스스로 납득할 수 있는 은둔 생활을 시작할 수 있다 하더라도, 그다음에 문제가 일어나지 않는 것도 아니다.

이런 골치 아픈 일을 생각해 볼 때, 설혹 고대와 현대가 다르다고는 하지만 에피쿠로스가 이런 은신처를 젊은 제자들에게 권했을 리가 없다.

* * *

'소은(小隱)은 능수(陵藪, 산언덕의 수풀)에 숨고 대은(大隱)은 아침 저자에 숨는다'라는 말이 『문선(文選)』에 나온다. 설명할 것도 없이 이는 우리 시대에도 그대로 통용되는 말이다.

현대는 자신의 피아르에 열을 올리는 경쟁이 심한 시대이므로, 남에게 뒤떨어져 있다가는 일자리 구하기도 힘들고, 취직을 했다 하더라도 자신의 피아르를 계속하지 않아 가지고는 별 대단한 이유도 없이 시쳇말로 '팽'당하기 십상이다.

나는 집단의 직장 경험이 없는 데다, 그 인간관계를 정확하게 꿰뚫어볼 안목도 가지고 있지는 않지만, 피아르 경쟁은 어떤 곳에서나 치열한 모양이다. 이는 어떤 점에서는 부득이한 일인지도 모르지만, 설혹 자기선전이 일시방편으로 허용되어야 할지는 몰라도 자신이 남의 눈에 뜨이게 하는 일에 성공하게 되면 이에 편승해서 점차로 유리한 지위를 획득해 나가는 사람이 많다. 그런데 두려운 것은 이런 변칙적인 성공자가 수 많은 사람들의 선망의 표적이 되고 있다는 점이다.

뛰어나기를 원하는 사람들의 마음은 제대로 상상하기도 어렵다. 그런데 이를 바라보고 있노라면, 똑똑하다고 할 수 있을지는 모르지만 도저히 현명하다고 생각할 수는 없다.

『중용(中庸)』에는 공자의 말로, '세상을 벗어나 남에게 알려지지 않고도 후회하지 않음은, 오직 성자(聖者)만이 이에 능하다'는 말이 나와 있는데, '숨어서 살라'는 말이 상통하는 사고는 나라와 시대를 초월해서 더 많이 찾아볼 수 있을 것이다.

잘 살기 위해서 숨는 것이라면, 굳이 요란스러운 방식으로 숨을 것이 아니라, 마치 숨지 않은 듯이 숨어야 마땅하겠다.

고독과 법열

아미엘의 『일기』

　해마다 9월 하순이 되면 이듬해 쓸 수첩과 일기가 문방구점과 서점에 나온다. 조금 성급한 듯하지만, 사람들은 이를 사서 내년에 대한 일을 구체적으로 생각하기 시작한다. 10월이 되면 이듬해의 일거리 의뢰가 있고, 이에 대한 약속 사항을 기록해 둘 필요가 있는 사람에게는 이처럼 수첩이 일찌감치 나와 있는 것은 고마운 일이다.

　여기서 '일기'의 경우를 생각해 볼 때, 예정란을 이용하는 사람은 별도로 치고, 그날 하루가 지나시 않고서는 쓸 수가 없는 법이다. 그럼에도 사람들은 내년의 일기장을 어째서 구입해서 가지고 싶어하는가. 이 기분은 여러 가지 있겠지만,

어떤 사람은 "내년만큼은……" 하는 기분으로 일기장을 바라보며 구체적으로 정리해야겠다고 말할지도 모르고, 또 어떤 사람은 내일에 대해서는 아무것도 알 수 없는 생활 방식을 하고 있는지라, 새로운 일기장을 구입함으로써, 막연히 자신에게 내년 한 해가 보증되는 듯한 기분이 들지도 모르겠다.

어찌되었건, 그날그날을 충실하게 지내고 싶다는 바람과 노력이 저변에 깔려 있는 것 같은데, 별 수 없이 어떤 힘에 밀려서 흘러가는 게 너무나 한심스럽다고 생각하는 것이 아닐까.

* * *

일본인도 수많은 일기를 써서 남겨 놓았고, 그 가운데는 가치가 크게 인정되어 고전으로서 읽히고 있는 일기, 새로 발견되어 그 내용에 의해 역사의 한 부분을 정정하게 만드는 종류의 일기도 있다. 외국에도 이와 같은 일기가 많이 출간되고 있는데 아마도 그 양이 엄청나게 많은지라 공표할까 말까 주저되어 출간하지 못하는 것도 있을 것이다.

그중에서 앙리 프레데릭 아미엘의 『일기』를 선택한 것은, 아미엘에게는 『일기』 말고는 이렇다 하게 눈에 뜨이는 저작이 없고, 게다가 파란 넘치는 생애를 보낸 것도 아니며, 그날 그날의 자신의 내면생활을 극명하게 기록했다는 점 때문에, 나로서는 오랜 세월 동안 흥미가 사라지지 않기 때문이다.

아미엘(1821~1881)은 스위스의 철학자다. 베를린 대학을 나온 후 줄곧 주네브 대학 교단에 섰다. 『일기』를 자세하게 읽어 가면서 그의 생애를 더듬어 나간다면 끝도 없이 세세한 이야기까지 쓸 수 있겠지만, 철학자로서의 저작이 있는 것도 아니고, 그저 그것으로 끝나는 인물이다. 『일기』 말고 남겨 놓은 것은 몇몇 짧은 논문과 시집이 있을 뿐, 그것이 특별하게 문제되었다는 말은 듣지 못했다.

하지만, 그의 일기는 1847년에서 1881년 죽기 12일 전까지에 걸쳐 쓴 게 16,900쪽이나 된다고 한다. 지금까지 그 모두가 간행된 것은 아니지만, 중요하다고 여겨지는 부분은 부비에와 셰렐 2개의 판본로 발행되어 있다(다른 판 이야기는 생략).

내가 이 『일기』를 처음으로 읽은 것은 고등학교 시절의 여름방학 때였다. 반세기 전의 일인지라, 도대체 어떤 말에 의해 감동을 받았는지까지는 기억조차 애매하지만, 이 일기를 뒷날 다시 읽어 볼 때마다, 최초에 읽은 장소, 그것을 들고 다니던 언덕 풀숲의 열기, 냄새 같은 것이 떠오른다.

그리고 나는 젊었을 때 스위스 여러 곳의 풍경을 나의 눈으로 보고 싶다는 생각을 늘 하고 있었다. 그 소망은 끝내 이루어지지 않았지만, 만약에 그런 기회가 주어진다면, 아미엘이 생활하며 『일기』에 자세하게 묘사해 놓은 곳을 찾아갔을 것이 틀림없다.

또 하나는, 이 역시 지금으로부터 40년 전 무렵의 일인데, 의뢰를 받아 아미엘에 관한 책 한 권을 썼다. 의뢰해 온 출판사 측의 주문도 있고 해서 내가 의도했던 것과는 약간 다른 책이 되기는 했다. 하지만 그때에는 필요에 의해 아미엘에 관해 기록된 문헌도 구할 수 있는 범위에서 읽으며 나의 산만한 지식을 어느 정도 정비할 수 있었다.

* * *

『일기』를 통독한 사람은, 이를 쓴 아미엘에 대해 어떤 인상을 갖게 되고, 어떤 인간상을 그릴 수 있을까. 이는 약간 흥미를 끌 만한 일이다. 아미엘에 관한 선입관이 있다면, 그것은 고독하고, 끊임없는 고뇌를 할 뿐 아니라, 그것이 그의 성격과 결합되어 있구나 하는 인상을 받는 사람이 많을 것 같다. 완고하다고 받아들여질 정도로 외로움을 타는 그는, 설혹 그를 위로하고 조금이라도 활달한 시간을 가지게 해주려 한 사람이 있었다 하더라도, 무진 애를 쓰기만 했지 성공할 수는 없었을 것이다.

하지만 아미엘의 고독과 고뇌는 위로를 필요로 하고 있지 않다. 위로를 의도한 고독은 가짜라고 생각하면 된다. 고독을 사랑하는 마음은 어느 시절에나, 그리고 숱한 사람들에게 공통된 일인데, 내가 알고 있는 어떤 시기에는 이것이 병적으로 유행하기 시작한 일도 있었다. 그 무렵 나는 고독에 대해서 여러 번 쓰게 되었던 같다.

고독을 바라는 사람들의 기분을 전하는 중개자들은 비교적 솔직했고, 또 그 말을 표제로 산은 출판물이 크게 환영받을 것으로 생각하고 있었던 것 같다. 그러나 고독을 표면적으로 예찬한 문장은 차치하고 예컨대 이 아미엘의 『일기』 중의 어떤 말을 해석한 듯한, 조금은 복잡한 문장류는 환영받지 못했다. 분명히 말한다면, 고독을 바란 것이 아니라 고독한 모습에 대한 동경이 아니었을까.

아미엘이 살고 있던 환경을 나는 실제로 보지 못했지만, 일기 속의 풍경 묘사뿐 아니라 다양한 사람들의 인상, 그림과 사진을 보건대, 나의 상상이 실제하고 그다지 동떨어진 것은 아닐 것 같다. 그처럼 아름다운 풍경 속에 독신의 철학자라기보다는 사색에 빠져 있는 인물을 일어서게 하고 걷게 한다면,

고독의 모습에 동경을 보이는 사람들에게는 안성맞춤일 것 같지만, 아미엘은 그러한 감상적인 고독을 연기하는 배우가 아니었다. 그리고 『일기』의 내용 역시 이 동경에 어울리는 기술로 가득했더라면, 젊은 독자의 수가 좀 더 늘어났을지도 모른다. 그 대신 몇 쪽 읽기도 전에 불만과 더불어 책을 덮어 버리는 사람도 있을 것이 틀림없다.

* * *

아미엘이 『일기』를 계획하고 나서 실제로 첫 줄을 쓰기 시작하는 데 약 7개월이나 걸렸으므로, 그의 일기의 첫 말은 '불쌍한 나의 일기'이며, 이어서 '그보다도 불쌍한 나'라고 되어 있다.

여기서 주의하라고 할 것까지도 없지만, 그의 『일기』를 읽어 나가는 데는 어떠한 요령이 요구된다. 경험한 사실의 기술로 시종하는 일기라면 그다지 어려울 것이 없지만, 아미엘 자신의 내면의 기술이며, 그다지 난해하다고 할 수는 없지만 그 기술은 단편적이 될 수밖에 없다. 그러는 한편으로는 시적 표현이 곁들여지는 경우가 종종 있으므로, 요령이랄까, 그의 문체에 익숙해지는 수밖에 없다. 독자를 염두에 두면서 이해하고 납득해 주기를 바라며 쓴 글도 아니고, 애당초 아미엘 자신도 이것이 사후에 공표될 것이라고는 아예 생각하지도 않았으니까.

『일기』에 쓰인 아미엘의 발자취를 충실하게 더듬어 가면 이해할 수 있는 일이지만, 그것은 매우 불규칙하기 때문에 논리적인 구성을 기하고 있다가는 앞으로 나아갈 수 없다. 대체로 일기라는 것은 이런 점에서 일반 논술과는 확연히 다른 존재다.

아미엘은 일기를 쓰면서, 자신의 문체에 대해 전혀 고려를 하지 않았음이 틀림없고, 그래서 더욱 솔직한 글이 되었다. 예컨대 그의 고독이라든지 고뇌에 대해 생각해야 할 경우에는 『일기』를 가능한 한 면밀하게 읽은 다음 『일기』에서 떠나야 한다.

그래서, 이는 어디까지나 한 예라고 생각하는 것이 좋겠지만, 그의 고독에는 숙명적이면서 여기서 벗어날 길이 없는, 단단하게 묶여 있는 상태를 맨 먼저 강하게 느끼게 된다. 하지만 또 숙명적으로 그렇게 되어 있음을 알면서도, 깔끔한 체념으로 고독으로부터 그를 구하려는 것도 아니고 이를 내동댕이칠 대상 없는 분노는 쉽게 진정시킬 수가 없는 것이다.

이런 정신적 고독에서 떠날 수가 없고, 또 떠나고자 하는 공허한 노력을 기듭하는 일도 없으며, 그런 가운데서 마주하는 자신의 변화, 자신과의 투쟁을 써 나가는 수밖에 없었다.

* * *

아미엘에게는 또 하나 황홀, 불교상의 의미가 아닌 법열(法悅)의 상태가 있었다. 그것은 무한을 앞에 했을 때 강하게 느껴지는 것이기도 하다. 그에게는 초월의 존재인 신이 없고, 이 무한이라는 것도 자기 안에서 느낀 것이다. 그렇게 하면, 그의 주위에 있는 일체는 돌연히 양상을 바꾸어 그늘로 보이고, 꿈을 꾸는 듯이 여겨지는 것이다. '무한과 친하게 지낸다'고 써 놓았는데, 이는 결코 오래 지속되는 것은 아니었다.

이 꿈에서 깨어나면 그는 다시 고독으로 돌아가곤 한다. 그리고 이 법열과 고독과의 전환을 단순히 되풀이만 하는 것이 아니라, 새로운 재능으로 도달하게 한다. 그것은 그저 자신만을 상대로 하는 것이 아니라, 타인의 내적 생활에 관심을 두고, 이해도 하고, 그리고 다시 자신의 내면에 이를 반영시켜 보는 작업으로 들어간다. 타인을 이해해서 비평을 한다는 것이 아니라, 자신에게 이를 반영해서 즐기는 것이다. 물론 이것이 아미엘이 도달한 궁극의 경지라고 말하는 것은 아니다.

그에게는 도달하고자 하는 경지 따위는 없다. 그것은 소중한 자유를 희생시키고 말기 때문이다.

지금, 나는 『일기』 속에 되풀이 기술되어 있는 일들을 인용해서 이 글을 쓴 것이 아니라, 『일기』의 한 페이지를 펼쳐 놓고, 그 몇 쪽을 다시 읽고서, 아미엘의 어떤 한 면에 대해 떠오른 것을 써 놓은 것에 지나지 않는다. 그러므로 『일기』는 어떤 방식으로 읽느냐에 따라 문제가 무진장하다고 말할 수 있다.

게다가 아미엘의 인간됨과 사상을 탐색해야겠다는 필요로부터 해방되어 읽어 나간다면, 이 일기의 부고(寶庫)는 더욱 풍성한 존재가 될 것이다.

은둔자의 마음

가모노조메이의 『호조키』

　『마쿠라노소시枕草子』, 『호조키方丈記』, 『쓰레즈레구사徒然草』 같은 것은 중학교 혹은 고등학교 시절에 누구나가 만나는 일본의 고전이다. 다만, 그 만남이 국어 교과서에서 일부분을 읽어 본 기억이 있다는 정도의 사람이 많고, 시험공부가 끝나고 나면 교과서와 함께 망각해 버리는 경우가 많은 것 같다. 그런 다음 국문학을 전공하게 되고, 연구의 과제로서 이런 고전 중 하나를 선택해서 되풀이해서 세심하게 읽게 되었다는 사람의 숫자는, 교과서에서 이 고전을 만났다는 사람에 비해 극히 적다.

　나도 국문학 연구의 길을 선택한 것은 아니지만 오랜 세월 동안에 이들을 다시 읽을 기회가 있었다. 때로는 필요에 의해, 그리고 때로는 문득 다시 읽고 싶어져서 문고본으로, 또는 국문학 총서 같은 것에서 다시 만나, 교과서에서 읽었을 때하고는 아주 다른 흥미를 가지게 된 경험이 있다.

설혹 일부분이기는 했다지만 교실에서 지겨운 마음으로 읽은 글을, 책 이름만을 기억한 채 내팽개쳐 버리기가 너무 아까워 다시 읽기를 권유하는 기분으로 이번에는 『호조키』를 선택했다.

* * *

'흐르는 강물은 끊임없이 흐르되, 그나마 원래의 물이 아니다. 웅덩이에 떠 있는 저 거품은 꺼지기도 하고 새로 생기기도 하되, 오래도록 머무르는 일이 없다.'

『호조키』의 이 첫머리의 문장을 금방 떠올려서 암송할 수 있는 사람을 많을 것이다. 우리가 흐르는 강의 기슭에 앉을 기회가 있다면, 그리고 가까이에 나의 명상을 일그러지게 할 인기척이 없다면, 그 흐름을 바라보고 있는 농안에 사람마다 어떤 상념이 떠오르게 될 것이다. 그 상념을 말로 내뱉고 보면 제각각 다른 것이 되겠지만, 상념 자체는 매우 비슷할 것으로 여겨진다.

처음에 별생각 없이 바라볼 때면, 물의 흐름에는 아무런 변화도 없고, 상류 어디에선가 흩날려온 꽃잎, 혹은 나뭇잎이라도 흘러온다면 모를까, 물 자체에는 변화가 없다. 그리고 그 흐름의 길, 수면의 출렁이는 광경에서도 변화를 볼 수가 없다. 이 물은, 나 자신이 이 세상에서 사라지더라도, 지금처럼 한결같은 모습으로 똑같은 소리를 내며 흐르고 있겠지 하는 생각조차 든다.

하지만 잠시 바라보고 있는 사이, 흘러오는 물은 똑같은 물이 아니라는 것, 지금 눈앞에 보고 있는 물은 끊임없이 하류로 흘러가며, 뒤쫓아가 본다고 해도 다시 만나기는 어렵다. 이 끊이지 않는 변화가 자연계, 우주의 얼개라고 생각한다. 그럼에도 인간은 불변을 믿고, 이를 전제로 해서 훌륭한 집을 짓기도 하지만, 얼마 있다가 그것이 작은 집이 되기도 하고, 불에 탄 후에는 커다란 집을 짓거나 한다. '들어가 사는 사람도 이와 같다'고 한 것처럼 그 이상으로 사람의 생명에 관한 것은 생멸(生滅)을 알 수가 없다.

'그 주인과 집이 무상(無常)을 겨루는 양상은 비유하건대 나팔꽃에 맺힌 이슬과 같다.'

『호조키』에서는 이 무상(無常)이 전편을 일관하는 제재(題材)

가 되어 있건만, 이 낱말은 한 번밖에 나오지 않는다. 이를 최초의 제1단으로 삼아서, 『호조키』는 5단으로 분류하는 관습이 있다. 다음 제2단은 저자가 실제로 경험한 여러 가지 재앙에 관한 기술이다.

* * *

우선 안겐(安元) 3년(1177) 4월 28일. 강풍이 부는 밤의 큰불 이야기. 수도의 동남(히구치도미노고지樋口富小路)에서 난 불은 주자문(朱雀門), 대극전(大極殿), 대학료(大學寮), 민부성(民部省)을 태워 버려, '하룻밤 사이에 티끌이 되었도다'라고 했는데, 이때 도시의 3분의 1이 불타고 말았다. '사람이 영위하는 짓들은 하나같이 우매하다지만, 그처럼 위태로운 온 도시의 집을 만드느라, 재물을 허비해 가며 마음고생을 하는 일은, 참으로 헛된 일이로다.'

다음의 회오리바람은 지쇼(治承) 4년(1180) 우즈키(卯月, 4월 29일) 무렵이었다. 크고 작은 집들을 쓰러뜨린 그 선풍의 양상은 '……예삿일이 아니라, 그럴 만한 자의 경고가 아닐까 의심되도다'. 즉 신불(神佛)의 경고가 아닐까 하고 의심하지 않을 수 없는 참사였다.

같은 해의 미나즈키(水無月, 6월 2일)에 느닷없이 수도(首都)를 후쿠와라(福原) 소토야마(外山)로 옮겼다. 이 바람에 사람들은 동요해서 '모두들, 뜬구름 같은 생각을 했다'.

요와(養和) 무렵(1181), 2년 동안 기근이 들더니, 길바닥에 걸인이 많아 '근심하고 슬퍼하는 소리로 가득했다'. 게다가 유행병이 창궐해 죽은 자의 악취가 가득 풍기면서 참담한 지경이 되었다. 오래된 절에 들어가 부처를 훔치는 자, '어미의 명이 다했음을 알지 못하는 갓난아기가 아직도 젖을 빨며 누워 있기도 하다'. 굶어 죽은 자가 42,300여 명이라고 하지만, 그 정도는 아닐 것이라고 기록되어 있다.

그다음 겐랴쿠(元曆) 2년(1185년 7월 9일)에는 대지진이 일어났다. '집 안에 있다가는, 당장에 찌부러뜨릴 기세이고, 뛰어 나갔다 하면 땅이 꺼지고 갈라진다. 날개가 없으니 하늘을 날 수도 없다. 용이라면 구름이라도 탔으련만.'

이런 천재지변이 계속되는 가운데서, 마음을 가라앉히고 평온하게 살기 위해서는 어찌해야 할 것인가 하는 생각이 점차로 확연히 드러나게 된다.

* * *

제3단은 이 살기 어려운 세상에서 목숨을 오래 부지하기 위해서는 은둔 생활로 들어가는 수밖에 없다는 것이다. 하지만 이어지는 제4단에서는 나이 50에 들어 승려가 되어, 히에이잔(比叡山) 기슭 오하라야마(大原山)에 살다가 다시 거처를 히노(日野)의 소토야마(外山)로 옮긴다.

이곳에서의 생활상이 『호조키』의 중심이 된다. 넓이는 이름 그대로 호조(方丈, 단어 자체의 뜻은 10자 사방. 선종에서 나온 말로 '승려의 방'이라는 뜻 - 옮긴이)이고 높이는 7자가 안 된다. 그 상세한 묘사에 의하면, 아닌 게 아니라 비와 이슬을 막을 정도의 것이다. 이곳에서 독경을 하고, 이에 싫증이 나면 눈치 볼 사람도 없는지라 쉬는 거다.

그리고 그곳에 거문고와 비파를 가지고 있었으므로, '혹 흥이 나면, 종종 솔잎 소리에다 가을바람의 가락을 곁들이고, 물소리에 유천(流泉)의 곡을 더한다. 솜씨는 비록 서투르지만, 남의 귀를 기쁘게 해주기 위해서가 아니다. 홀로 가락을 켜고, 홀로 읊조리며, 스스로 정(情)을 북돋울 뿐이다'.

때로 산지기의 아이가 오면, 아이를 데리고 산으로 산책을 간다. 나무 열매를 따고 미나리를 뜯으며 떨어진 이삭을 줍는다.

제5단에서는, 이런 생활을 계속하는 사이 다시 암자 생활에 의문을 품기 시작한다. 내 마음은 이런 식으로 만족해도 되는지, 이것을 수행(修行)이라고 생각해도 좋은지 말이다.

『호조키』의 마지막 대목은 숱한 독자를 매료시켜 왔지만, 되풀이해 기분을 바꾸어 가며 읽어 가는 동안에, 이렇게도 저렇게도 받아들일 수 있는 말들이 나열되어 있다고 생각할 수도 있다.

'거처는 정명거사(淨名居士, 지극히 깨끗하고 고상한 거사 - 옮긴이)의 자취를 더럽힌다지만, 가진 것이라고는 겨우 주리반특(周利槃特, 석가의 제자 중 하나. 어리석었지만, 훗날 크게 깨달음 - 옮긴이)이 행한 일에조차 미치지 못한다. 혹시 이것은 빈천(貧賤)의 업보가 스스로 괴롭히는 것일까. 아니면 망녕된 마음이 들어 실성한 것일까.'

저 자신에게 물은 의문에 대해 저자의 마음은 대답이 없다. 그저 흥얼흥얼 염불을 읊조린다는 것이다.

『호조키』의 이 마지막 대목은 지금까지도 다양한 해석이 나와 있으므로, 이들을 일단 읽어보기는 했지만, 어느 것이 옳다고 단정할 수도 없고, 나로서는 새로운 해석을 내릴 수도 없다.

* * *

이제, 『호조키』의 작자 가모노 조메이(鴨長明)에 대한 이야기를 전혀 하지 않을 수는 없겠다.

가모노 조메이는 교토 가모미오야 신사(賀茂御祖神社. 통칭 시모가모 신사下鴨神社)의 네기(禰宜, 주지 밑의 신직神職 – 옮긴이)의 차남으로 1155년(추정) 생. 몰년은 1216년, 62세. 19세 때 아버지를 잃고 나서 신관(神官)이 될 가망도 없고 처자식과도 헤어져 우울한 나날이 이어진다. 47세 때 와카도코로(和歌所, 와카를 편찬하는 곳 – 옮긴이)의 직원이 되었고, 고토바인(後鳥羽院, 고토바 상황이 와카를 편찬하기 위해 만든 곳 – 옮긴이)에서는 시모가모 신사 말사(末寺)의 신관으로 임명될 뻔했지만 방해를 받았고, 50세 봄에 속세를 떠났다. 오하라(大原)에서 5년을 지낸 다음, 히노(日野)에다 방장(方丈)의 암자를 짓고 살았다. 그사이에 한번 가마쿠라(鎌倉)까지 가서 미나모토노 사네토모(源實朝, 가마쿠라 막부의 3대 쇼군, 가인歌人 – 옮긴이)를 배알한 일이 있다. 『호조키』를 쓰고 나서 세상을 뜨기까지의 4년간의 일은 알려져 있지 않다.

『호조키』말고도 가론(歌論)인 『무명초(無名抄)』, 설화집 『발심집(發心集)』 등을 지었으며, 노래도 많이 남겨 놓았다.

이 정도만 가지고는 가모노조메이의 인산상을 떠올리기 어려울지 모르지만, 그에 대해 연구한 글과 『호조키』의 주해서가 나와 있는데 내가 소개하기에는 힘이 부치는 너무나 어려운 분야에 속하는 것이다.

그래서 나 자신의 과제로서 남겨진 사항을 마지막으로 소개하며, 독자 여러분도 한번 생각해 보았으면 한다.

그것은 일반적으로 세상을 버리는 일에 관한 것이다. 둔세(遁世, 속세를 피하여 은둔함)라는 말을 써도 좋겠다. 일본 중세의 둔세자라 하면, 가모노 조메이의 이름도 이에 들어갈 터이지만, 사이교(西行, 가마쿠라 초기의 가인 승려 - 옮긴이), 겐코(兼好) 법사 역시 세상을 버린 사람들이다. 물론 둔세자라는 공통점이 있지만, 각각 상이한 둔세자였다고 말할 수 있다. 시대가 좀 더 벌어진 둔세자를 살펴본다면, 그 차이는 좀 더 확실하게 드러난다. 출가를 했다고 해서 꼭 둔세자라고 할 수 없는 경우도 있고, 출가를 위해 필요한 절차를 취하지 않았으면서 둔세자로 간주되는 경우도 있다.

이는 세계의 여러 곳, 여러 시대에서 볼 수 있는 일이므로, 그 정의 같은 것을 생각하기는 상당히 어렵다.

* * *

그러나 세상을 등지는 사람, 은둔자의 그 동기가 되었을 심리를 생각해 볼 때, 오늘날의 우리로서도 가모노 조메이가 방장의 암자에 머무르기로 한 기분을 조금 깊이 이해할 수 있을 것 같다.

분명히 말하자면, 우선 권력에 대한 동경이 있고, 이것이 성취되고 나면 조금 더 욕심이 우러나는 모양이지만, 이것이 이루어지지 않게 되었을 때면 실의에 빠져, 일종의 반동으로서 세상을 등지는 생활 쪽으로 동경의 방향을 튼다. 때로는 어느 날엔가 다시금 권력을 노릴 수 있는 시기를 기다리기 위한 행위라고 이해하는 편이 좋을 때도 있을 것 같다.

권력에 국한되는 것은 아니지만, 세상을 등진다는 일에는 그 전제로서 무엇인가가 있어야 한다. 아무런 이유도 없이 세상을 등진다면 그것은 광인에 가까운 행위라고 말하지 않을 수 없다.

헛소리가 많은 세상

겐코 법사의 『쓰레즈레구사』

우라베노 가네요시(卜部兼好) 혹은 그의 와카(和歌), 그리고 『쓰레즈레구사(徒然草)』에 관한 연구 논문의 수는 당연한 일이라고는 하지만 엄청나게 많다. 그리고 그 대부분은 흥미 깊게 읽을 수는 있지만, 고증에 대한 반박도 있으므로, 그 안에서 의문 나는 대목을 지적하자면 전문 지식과 자료 조사가 반드시 필요하다.

이는 『쓰레즈레구사』에 국한된 것이 아니다. 우수한 고전으로 인정받고 있는 책에 대해서는 엄밀한 조사와 연구가 되어 있다. 그러나 그 연구의 양만 가지고 그 고전에 대해 가치 판단을 하는 것은 너무 단순하다.

그리고 연구의 양과 중요성 때문에 그 고전이 전문가들 사이에서만 통용되고 일반 독자를 멀리해 버리는 경향도 숱하게 볼 수 있다. 책 이름만큼은 널리 알려져 있으면서도 책장을 펼쳐 보지도 않은 책이 세상에는 꽤 있을 것이다.

하지만 『쓰레즈레구사』의 경우, 한편에서는 세밀한 연구를 벌이고 있지만 일반 독자들도 큰 장애 없이 자유로이, 어려운 부분은 뛰어넘고 읽을 수가 있다. 이런 점에서는 고전 가운데서도 이상적인 것 가운데 하나라고 말할 수 있을 것이다.

* * *

우라베노 가네요시보다는 요시다 겐코(吉田兼好) 또는 겐코(兼好) 법사라는 이름으로 잘 알려져 있는데, 이는 『쓰레즈레구사』의 작자가 출가한 스님이면서도, 문장에서는 그런 냄새를 풍기는 일 없이 시대를 초월해서 '인간'을 강하게 느끼게 해 주기 때문일 것이다.

이 작자 겐코 법사에 대한 웬만한 사항은 백과사전 같은 데에 기록되어 있는 바와 같이 알려져 있는데, 생몰 연대 등 정확한 사항에 대해서는 이렇다 할 증거가 없는지라 의문부호가 붙여져 있는 일이 많다.

고안(弘安) 6년(1283)에 태어나, 긴오(觀應) 원년(1350) 4월 8일, 68세에 입적했다는 기록이 있음에도 불구하고, 다른 고증에 의해 이 점에도 의문이 남아 있다. 하지만 대체로 가마쿠라(鎌倉) 시대 말기부터 남북조(南北朝) 시대에 걸쳐, 70년가량 생존한 것으로 보인다. 생전에는 문학 면으로 가인(歌人)이었다. 니조 다메요(二條爲世) 문하의 4천왕 중 하나로,『겐코 법사 자선가집(兼好法師自撰家集)』에 280수의 와카가 실려 있다. 출가는 쇼와(正和) 2년(1313)경으로 추정된다.

그러면『쓰레즈레구사』는 언제 쓰였느냐는 것도 국문학자 사이에서는 문제가 되어 있다. 하지만 일정한 단기간에 계속해서 쓰인 것이 아니라, 분보(文保) 1년(1317)경부터 겐코(元弘) 1년(1331)경 사이에 조금씩 쓰였을 것으로 짐작된다. 글 가운데는 많은 인물과 사건들이 다루어져 있으므로 다양한 추정이 가능한 동시에, 이를 부정하는 자료 역시 발견되는 상황이다.

또 한 가지,『쓰레즈레구사』는 겐코가 타계한 다음 이마가와 료슌(今川了俊)이, 겐코의 유고(遺稿)가 있지 않을까 해서, 이가(伊賀)의 암자와 요시다(吉田)의 간신인(感神院)을 탐색한 끝에, 이가에서는 와카 50편, 요시다에서는『쓰레즈레구사』가 발견되었다. 그것은 벽에 붙여져 있기도 하고 경전 사본 뒷장 같은 데에 쓰여 있었다고 한다. 이 역시 나로서는 진위를 확인할 도리가 없지만, 어찌되었든 생전에 이를 발표해서 작자 자신이 평판을 얻은 것은 아니다.

우리는 『마쿠라노소시(枕草子)』, 『호조키(方丈記)』 같은 것도 그렇지만, 학교 시절 교과서 안에서 이 『쓰레즈레구사』를 접했다. 그뿐 아니라, 시험 문제로 나올 가능성에 대해 겁먹으면서, 이를 가지고 고통스러워했던 기억도 가지고 있다. 이는 생각해 보면 매우 불행한 일이다. 모처럼의 만남이 그것으로 끝나고 마니 말이다.

전문 일본 국문학자의 경우, 앞에서 언급한 것처럼 이것이 연구의 대상이 되는 바람에 『쓰레즈레구사』와의 자유로운 접촉을 할 수가 없게 된다. 이를 생각해 볼 때, 마음 놓고 이 책을 읽을 수 있는 입장에 있는 우리는 행복하다고 할 수 있을 것이다.

그렇다면 어떤 내용이 쓰여 있을까, 『쓰레즈레구사』를 펼쳐 보자. 제10단. 집을 짓는 방식이다. 인간의 일생은 매우 덧없는 것이지만, 그런 인간이 잠시 살기에 알맞은 집을 대하게 되면 안도의 마음이 든다. '훌륭한 사람이 평온하게 살던 곳은' 달빛만 비쳐도 한층 아련한 운치가 피어나고, 가구류 또한 낡은 듯이 아취가 풍긴다. 하지만 이와는 대조적으로, '시절에 맞춰 훤하게' 목수가 열심히 갈고 닦으며 세워놓은 집은 도저히 이에 못 미친다. 오히려 공들여 지어 놓은 것을 보노라면, 언젠가 불타서 허물어지는 모습이 떠오른다.

이는 집의 크기나 구조의 규모하고는 그다지 관계가 없으며 오직 취미의 문제다. 이미 겐코의 시절부터, 라기보다는 더 오래전부터의 일이겠지만, 예전에 비해 현대풍이 아무래도 살갑지 않게 여겨져 왔다. 이런 감각은 막연히 우리 나이 정도의 인간에게는 꽤 실감이 나는 것인데, 고풍스러운 아취를 풍기며 안정된 것을 바란다는 것은 오늘날에 와서는 매우 사치스러운 일이다. 건축 자재가 되었든 다른 생활 용품이 되었든, 바란다고 해서 이를 얻기란 거의 불가능에 가깝기 때문이다.

이러한 불만을 품은 채 책장을 넘기다 보면, 제22단에 '매사에 옛 세상만이 그립구나'라는 글을 보게 된다. '현대물은 공연히 천덕스럽게 꾸며지는구나'도 있는데, 이는 확실한 발언이라기보다는 한탄이다. 목수와 소목장이 만드는 것들을 보아도 옛것이 낫다는 것이다.

이에 이어서, 문란해진 언어에 대한 지적도 있다. 옛 편지를 읽어 보면, 그 말씨가 기막히게 훌륭하며, 오늘날의 말씨는 참으로 초라하다. 이에 대해 몇 가지 예를 들어 놓았는데,

'어떤 이야기는 장황하고, 또 어떤 현대식 말은 지나치게 줄여 놓았다'는 것이다.

이것은 겐코의 감상을 직접 말한 것이 아니다. 연로한 어떤 사람이 그렇게 말하며 한탄하는 것을 듣고 겐코도 그렇다고 공명한 것이다.

말투의 변천은 어느 시절에나 있는 법이고, 일본에 국한된 현상은 아니지만, 오늘날 언어의 문란함이 너무 지나치다고 느껴지는 것은 예로부터 있어온 현상이었던 모양이다.

* * *

'달인이 사람을 보는 안목은 조금이라도 잘못이 있을 수가 없다'로 시작되는 제194단은 거짓을 간파하는 일에 관해 쓰여 있다

예를 들어 어떤 사람이 거짓말을 꾸며대서, 그 말을 듣는 상대방을 속였을 때의 이야기다. 우선 이를 그대로, 아무런 의심도 품지 않은 채 믿어 버리는 일도 있다. 믿어 버릴 뿐 아니라, 이에 거짓말(헛소리)을 덧붙이는 사람도 있다. 어떤 사람은 이를 듣고 아무렇지도 않게 여기는 경우도 있다. 그리고 암만해도 이 이야기는 수상쩍은 것이 아닐까 생각하며, 믿는

것도 아니고 믿지 않는 것도 아닌 초연한 태도를 취하는 사람도 있다. 그리고 그런 일이 있을 리가 있나 하고 생각하기는 하지만, '사람이 하는 말이니 그럴 수도 있겠지' 하고 그만두는 사람도 있는가 하면, 이리저리 추측을 한 끝에 알았다는 시늉을 하며 '똑똑한 체 끄덕이고' 미소 지으면서도, 실은 아무것도 이해하지 못하는 사람이 있다. 이 밖에도, 이러이러한 것일까 의심하는 사람, 손뼉을 치고 웃는 사람, 그 이야기가 확실한 거짓말이라는 것을 알고 있으면서도, 이에 대해 아무 말도 하지 않는 사람, 그리고 처음부터 거짓말이라는 것을 충분히 알고 있으면서도 그 거짓말쟁이와 공명해서 힘을 보태는 사람도 있다.

이는 매우 흥미로운 관찰인데, 겐코도 언급한 것이지만 진상을 알고 있는 경우라면 속아 넘어가는 사람의 모습을 보는 것이 재미있어, '말로나, 표정으로나 시치미 떼고 모르는 체해야 한다'고 써 놓고 있다. 마지막에는 '하지만 이러한 어림짐작으로 불법(佛法)까지를 빗대어 말해서는 안 된다'고 말을 맺고 있다.

거짓말에 대해서는 제73단에도 언급되고 있다. '참말은 재미가 없는 것일까. 대다수는 헛소리로다.' 사람들은 사물을 과장해서 이야기하고, 해가 지나고 장소도 멀리 떨어져 감에 따라 점차로 살이 붙으므로, 소문과 실제는 다르게 마련이다.

　상대방이 거짓이라고 생각하는 것을 알면서도 입에서 나오는 대로 말하는 사람은 제쳐 놓더라도, 수상쩍다고 생각은 하면서도 거짓말을 퍼나르는 사람. 군데군데를 애매하게 얼버무린다든지 사리가 맞는 것처럼 그럴싸하게 꾸미는 거짓은 '가공할 일이다'. 그 사람에게 명예가 될 만한 거짓말은 결코 부정하지 않는다. '좌우지간에 헛소리가 많은 세상'이기는 하지만, 여기서 마지막으로 신불의 신비한 영검(靈驗)과, 생불(生佛)의 전기(傳記) 같은 것까지 믿지 말라는 것은 아니라고, 그 자신이 스님이라는 점을 깨닫기라도 한 듯이 덧붙이고 있다.

* * *

　『쓰레즈레구사』를 이처럼 인간 마음의 불안정한 동요에 대해 쓰인 문장이라는 점에 초점을 맞추어 가며 여기저기 읽어 보면, 겐코 법사하고는 아주 동떨어진 몽테뉴의 『수상록』을 읽을 때의 기분을 언제나 떠올리게 된다. 몽테뉴학자 세키네 히데오(關根秀雄)의 저서를 읽어 보니, 겐코 법사와 몽테뉴를 같은 정신의 가족으로 받아들여도 전혀 무리가 아니라는 의미의 말이 있었다.

그 이유야 어찌되었든, 사람이 자신을 속이는 일 없이, '마음에 변천해 가는 그러저러한 것' 즉 마음에 떠오르는 것을 꾸밈없이 그저 있는 그대로 말한다면, 설혹 시대와 장소의 거리가 아무리 크더라도, 마음에 직접 와닿는 힘이 작용할 것이라고 생각한다.

　『쓰레즈레구사』를 읽어 가다 보면, 종종 모순이 눈에 뜨인다. 자신에게 정직하다면 그건 당연한 것이고, 한편 인간은 결함투성이의 존재이니 말이다. 제82단에 겐코와 친했던 돈아(頓阿)가 한 다음 말에 감탄했다고 쓰여 있다. '얇은 비단으로 된 책의 표지는 위아래 천이 조금 풀리고, 나전이 박혀 있는 두루마리의 축(軸)은 조가비가 떨어지고 나서야 깊은 맛이 나지.'

우수의 천재

쇼펜하우어의 『의지와 표상으로서의 세계』

40년쯤 전에, 중학생을 독자로서 염두에 두고 아르투르 쇼펜하우어의 생애를 짧게 쓴 일이 있다. 그것을 이제 다시 찾아내어 다시 읽어 보니, 잘되고 못되고는 차치하고 중학생이 싫증나지 않도록 고심한 흔적이 역력했다.

하지만, 그 글에 써 놓은 일화풍의 이야기들은 어떤 책에서 찾아낸 것인지 짐작도 할 수가 없었다. 어린 학생에게 흥미를 느끼게 하기 위해, 내 마음대로 창작을 한 것은 결코 없다. 예전에 자신이 쓴 것을 참고로 한다는 짓은 우스꽝스러운 일이지만, 그 방면의 전문 연구자들이 고심해서 만든 연표 등을 바탕으로 해서, '우수(憂愁)의 천재'라는 소리를 듣는 쇼펜하우어의 생애를 간략히 훑어본다.

* * *

그가 태어난 것은 1788년, 2백 년 전의 프랑스 혁명의 바로 앞의 해다. 그가 태어난 단치히는 5세 때 프로이센에 합병되었기 때문에, 반프로이센의 정서를 품고 있던 아버지와 함께 함부르크로 이사했다. 이 아버지는 상인으로서 유복하게 살았는데, 매우 기가 센 인물이었던 모양이다. 그런데 나는 지난날 어딘가에 그의 아버지의 최후는 자살이었다고 썼다. 이제 와서 이 말에 새삼 신경이 쓰이는데, 변사라는 말을 자살로 착각을 한 것인지, 그처럼 쓰여 있었던 것인지는 확실하지 않다.

'높은 창고의 창문에서 운하에 추락하는 불행한 죽음을 맞이했다'는 것이 맞는 말인데, 이를 자살과 결합시켜 버린 것인지도 모른다. 실제로는 '우수의 천재'라고 말하는 것이 부적절하지만 일본에 그가 소개된 이래, 쇼펜하우어 하면 자살을 문제로 삼은 철학자라는 인상이 뿌리 깊은 만큼 이런 식으로 쓴 것인지도 모른다. 하지만 결코 본인이 쓴 것에 대한 변명을 하자는 것은 아니고, 도대체 어쩌다가 높은 창고의 창에서 떨어진 것일까 하는 의문은 남아 있다.

　어머니 쪽은 꽤 화려하게, 혹은 적극적으로 활동하면서, 소설도 쓰고 그림도 그리느라 가정의 분위기를 편안하게 만들 만한 위인이 아니었다. 아버지의 사후, 어머니는 연애를 해서 얼른 결혼을 하려 했지만, 아르투르가 반대를 했기 때문에 불화가 일어나 별거 생활을 하게 되었다. 그리고 일반 손님과 마찬가지로 면회일이 아니면 어머니를 만날 수도 없었다.

　어머니는 이미 괴테하고도 알고 지냈는데, 방문한 괴테는 어머니에게 아르투르를 칭찬하면서, 그는 천재이므로 장래가 기대된다는 등의 말을 했다. 제 아들의 칭찬을 들으면 기뻐하는 일반 어머니와는 달리, '한 가정에 천재가 둘 있다는 따위 말은 들어 본 일이 없다'고 했다고 한다. 이는 매우 유명한 이야기로 전해지고 있다. 그리고 이것이 모자간의 불화를 결정적인 것으로 만들어 놓은 모양이다.

* * *

　상인으로 아버지 뒤를 이을 것을 반은 강제당했던 그는, 처음에는 그 방면의 수업을 계속했는데, 이 때문에 자신이 원하는 공부를 시작한 것은 일반 사람에 비해 늦어졌다.

세상에 대해서, 그리고 인간 감정의 세계에 대해서까지 의심하는 마음을 품게 된 것은 이러한 가정 분위기만 가지고도 짐작할 수 있다. 이는 사상하고는 관계가 없는 일이겠지만, 전혀 관계가 없다고 단언할 수도 없다.

그렇다고는 하지만, 이발소에 가서도 면도칼을 얼굴에 대지 못하게 하는 등의 행동은 상당히 병적이며, 잠잘 때도 불안한 나머지 머리맡에 권총을 두고, 소리에 대해서는 노상 지나칠 만큼 신경을 곤두세우고 있었다는 이야기들은 실제로 어땠는지는 모르지만 그런 소문이 날 정도의 성격과 행동이 있었던 모양이다.

그런 처지인지라, 어쩌면 자신이 고독한 환경에 처해 있었기 때문에 『의지와 표상으로서의 세계』를 쓸 수 있었다고 할 수도 있겠다.

그 이전에 괴테와의 공동 연구에 의한 『시각과 색체에 대해』가 1816년에 간행되었다. 그로부터 2년 후 『의지와 표상으로서의 세계』가 완성되고, 그 이듬해에 간행되었다. 하지만 이 책은 전혀 독자의 관심을 끌지 못해, 간행한 출판사는 걸리적거린다면서 재고 책을 폐기처분했다. 하지만 쇼펜하우어는 이것 때문에 실망하지는 않았다.

그 후 자신감을 가지고 대학에서 강의를 하게 되었다. 베를린 대학에서는 이미 저명한 철학자가 되어 있던 헤겔이 강의를 하고 있었다. 쇼펜하우어는 일부러 헤겔의 강의와 똑같은 시간에 맞추어 '철학 총론, 혹은 세계의 본질 및 인간 정신의 학설에 대해'라는 제목으로 강의를 시작했지만 청강자는 나타나지 않았다.

그는 각지를 돌아다녔는데, 뮌헨에서는 한때 병이 나서 오른쪽 귀의 청력을 상실했고, 다시금 베를린 대학에서 강의를 했지만 청강생들에게 이해를 시키지 못한 채 끝났다.

* * *

자세한 저작 이야기는 생략하지만, 가정을 갖지 않고 혼자서 산 만년의 생활은 지극히 규칙적인 일상이었다고 한다.

하숙 생활을 한 그는 7시나 8시에 일어나 냉수마찰을 하고 시력이 시원치 않아서 매일 아침 얼굴을 물에 담가 눈을 씻었다. 커피를 스스로 타서 오전 중에 일을 하고, 낮이 되면 플루트를 불었다. 이는 소년 시절부터 해온 습관이었다고 한다. 레스토랑에서 식사를 하고 집에 돌아와 낮잠을 자고, 깨고 나서 독서를 한 다음 저녁때는 개를 데리고 산책을 했다. 산책 도중에 큰 소리를 지르기도 하고, 지팡이로 땅을 꽝꽝 두들기는 버릇이 있었으므로, 동네 사람들이 이를 이상하게 생각한 것은 당연하다.

저녁도 식당에 가서 먹었지만, 맥주를 마시지 않고 레스토랑 사람들과도 말을 하지 않았으며, 집에 돌아와서는 책을 읽었다. 하숙방의 벽에는 존경하는 괴테, 셰익스피어, 데카르트의 초상이 걸려 있었다. 칸트의 흉상도 있었다고 한다.

그는 1860년 9월 21일, 아침을 먹고 나서 죽었는데, 70세 가까이 되어서야 겨우 철학자로서 주목을 받게 되었다.

* * *

그의 저작은 일본에서 출판된 전집으로 14권이 되는데, 『의지와 표상으로서의 세계』가 중심이다. 당시 메이지(明治) 말에 아네자키 마사하루(姉崎正治)에 의한 번역서가 나와 있어서, 나도 처음에는 이것으로 읽었다. 고등학교 시절이어서 이해하기 어려운 부분이 있었지만, 매우 열심히 읽었다는 기억이 남아 있다.

그 이외의 저서는 거의가 1948년 이후에 나왔고, 대부분이 문고본으로 간행되었다. 특히 『여록(餘錄)과 보유(補遺)』 전2권은 수상(隨想)이라 할 만한 것으로서, 이를 읽으면 쇼펜하우어에 대한 이해를 더할 수 있는데, 이른바 '우수의 천재' 또는 '우수의 철인'이라는 인상을 고칠 만한 대목이 여럿 있었다.

그를 가리켜 한마디로 '우수의 천재'나 '우수의 철인'이라고 표현되고 있는데, 나는 이것이 딱히 적절한 말이라고 생각하지는 않는다. 예를 들자면, '쇼펜하우어는 과연 우수의 천재인가' 하는 물음이 나왔다면, 이에 대해 어찌 대답하느냐는 것은 중요한 일이므로, 그러기 위해 그의 이 주저서인 『의지와 표상으로서의 세계』를 읽어 보면 답을 내놓을 준비가 될 것으로 생각한다. 준비란, 이 사상에 대한 감상을 품는다는 뜻이다.

이번에는 가벼운 걸음으로 그 입구까지 안내를 한 형국이 되었다. 그 안내의 내용은, 그의 생애를 대충이라도 알아 두는 편이 좋다는 것이다. 어떤 사상에 따라서는 그가 어떤 생애를 보냈는지 거의 문제가 되지 않는 경우도 있지만, 중간에서 잠시 언급한 것처럼 쇼펜하우어의 사상을 이해하자면 그의 성격과 감정 그리고 행동이 전혀 무관하지 않고, 주저(主著) 혹은 저서 전체를 그대로 받아들이자면, 실제로 살아온 모습, 걸어온 길, 만난 사람들에 관한 일이 중요한 역할을 하고 있을 것으로 생각된다.

하지만 그렇다고 하기에는 너무나 간단한 설명이어서 그가 흥미를 가지고 섭취한 소중한 것들을 빠뜨리고 있다. 그 점은 용서를 바란다.

그리고 이 분량도 많은 책을 펼쳐 놓고 여기저기를 찔끔거리며 읽는 사람은 추상적인 말이 눈에 띄어 단념해 버릴지도 모른다. 하지만 여러 날 공을 들여서 읽기 시작하면, 그다지 난해한 책이 아니구나 하고 생각할 것이 틀림없다. 이는 내가 아주 젊었을 때 다른 철학서를 읽기 이전에 이를 읽으면서도 상당히 이해할 수 있었다는 솔직한 인상을 가지고 할 수 있는 말이다.

그곳에는 감정에 대해, 웃음에 대해, 동식물에 대해, 여러 예술, 즉 건축, 조원(造園), 그림, 문학, 음악 등에 대해서, 나아가 사랑과 고뇌와 죽음, 자살 등에 대한 글과 만날 수가 있다.

그리고, 『여록(餘錄)와 보유(補遺)』를 읽을 기회가 있다면, 좀 더 우리 신변에서 익숙한 문제와 접할 수도 있을 것이다.

III

삶의 길을 추구하며

처세의 요체

천자문

　고등학교에 들어가기 전, 그러니까 소학교나 중학교 시절 당연히 선생님에게서 천자문에 대한 이야기를 들었을 터인데, 그것이 기억 속에 확실하게 남아 있지 않다. 소학교에서의 6년간, 중학교에 들어가서도 한동안은 습자 시간이 있었고 습자를 담당하는 선생님도 학년마다 달랐으므로, 천자문이야기를 전혀 듣지 못하고 지냈다고는 생각할 수 없다.

　그러나 다이쇼(大正) 시대의 학교에서는 습자책이 있었지만, 여기에 천자문이 나오는 일은 좀처럼 없었다. 천자문을 놓고 글씨쓰기를 배우는 한편으로, 여기서 역사나 처세의 요령을 배우는 시절은 이미 끝나 있었다. 그럼에도 으레 '天地

玄黃, 宇宙洪荒, 日月盈昃, 辰宿列張’ 정도까지는 누구나 알고 있었는데, 도대체 이것은 누구에게서 배워 익힌 것일까.

나는 늦둥이로 부모와 나이 차가 꽤 나서, 아버지는 게이오 (慶應, 1865~1868) 생이었고, 한적탁본법첩(漢籍拓本法帖) 같은 것을 즐겨 보았으므로, 집안에서 그것을 보기도 하고 천자문에 대한 이야기를 들을 기회가 있었다. 메이지(明治) 시대에 학교 교육을 받은 사람은 옛날의 중국 것 그대로가 아니라, 이체천자문(異體千字文)까지도 포함되는 셈인데, 습자 전문 교재로서, 혹은 한서(漢書) 겸용의 것으로서 천자문의 이름은 늘 듣고 있었을 것이다. 따라서 우리 나이의 사람은 부모님으로부터 그 이야기를 들었을 확률이 상당히 높다.

* * *

양(梁)나라 무제(武帝)는 주흥사(周興嗣)에게 명해, 『차운왕희지서천자문(次韻王羲之書千字文)』을 만들게 했는데 이것은 매우 훌륭한 책이었다고 『양서(梁書)』에 기록되어 있다. 천자문 맨 앞에 ‘칙원외산기시랑주흥사차운(勅員外散騎侍郎周興嗣次韻)’이라고 쓰여 있는 것은 이를 가리킨 것이다.

주흥사는 문장가였다. 양나라 무제가 나라를 통일했을 무렵, 휴평부(休平賦)를 상주해서 인정을 받아 시랑에서 원외산기시랑(員外散騎侍郎)으로 승진했다. 법서(法書)에는 왕희지가 쓴 초서가 한 장에 한 글자씩 천 장이 있었는데, 무제는 이것이 없어질 것을 우려해, 주흥사에게 차운, 즉 운자(韻字)를 사용해 시를 써서 하나의 문장으로 만들라고 명했다. 이를 주흥사가 고심해서 하룻밤 사이에 만들어 냈다. 그 바람에 그의 머리카락이 하룻밤 사이에 하얗게 세었다는 이야기는 유명하다.

그런데 천자문이 성립된 데 대한 지식을 소개는 터에 이 정도로 그칠 수는 없다. 지금까지 고증이 거듭되는 동안 다양한 설이 나왔는데, 이를 여기서 자세히 소개하는 일은 매우 까다롭고 번잡해질 가능성이 있으므로, 조흥사가 차운으로 만들기 이전에 그에 앞서 이 비슷한 것이 있었던 듯하다는 것을 알아두는 것도 좋을 것 같다.

또한 왕희지의 존재가 있는 이상, 습자책으로 만들어졌다는 이야기도 거의 틀림없는 일일 것이다. 그리고 후대의 서예가는 참으로 많은 해서(楷書), 행서(行書), 초서(草書)로 된 천자문을 남겨 놓고 있다. 현재 일본에서 간단히 구할 수 있는 복각판만 해도 상당한 숫자가 되는데 저명한 글씨는 다음과 같은 것이리라.

왕희지의 7세손이라는 수나라 승려 지영(智永)의 진초(眞草)

천자문, 당나라 구양순(歐陽詢)의 천자문, 저수량(褚遂良)의 것이라는 천자문, 회소(懷素)의 소초(小草)와 대초(大草) 천자문, 손과정(孫過庭)의 초서(草書) 천자문, 기타 조모(趙模), 장욱(張旭) 고한(高閑), 북송(北宋)의 휘종(徽宗), 미불(米芾), 남송(南宋)의 고종(高宗), 왕승(王昇), 조자앙(趙子昻), 선우추(鮮于樞) 등의 것이 남아 있다.

모두 보기만 해도 기분이 좋아지는 것들이지만, 자신의 습자본으로 선택해야 한다면 기호(嗜好)까지 곁들여야 하므로 결단을 내리기가 매우 망설여질 것이다.

하지만 나는 이번에 습자의 교재로 쓰라고 여기에 천자문을 선택한 것은 아니다.

* * *

고등학교에서부터 대학 시절, 뒤떨어진 지식을 회복해야겠다는 기분과 미지의 분야에 자꾸만 신경이 쓰여, 문고본을 곧잘 샀고, 열심히 읽었다. 그중에 천자문도 있었다.

천자문을 4백자 원고용지에 다시 써 보면 겨우 2장 반에 지나지 않지만, 사전을 이용해서 그 뜻을 짐작해 볼 수 있는 부분과 도무지 이해할 수 없는 부분이 있다. 이해하기 어려운 것이 훨씬 더 많다. 그러던 차에 수해가 달린 당시 40전(錢) 짜리 문고본이 나왔으므로, 매우 고마웠다. 그러나 당연한 일 이지만, 술술 읽어 나가면서 쉽사리 이해될 종류의 것은 아니 다. 그리고 설혹 이해할 수는 있었다 하더라도 석연치 않은 의문이 남기도 한다. 참고로 예시한 수많은 문장은 뒤로 돌리 기로 하고, 나는 4자로 된 구 하나씩을 해석과 평에 따라 읽 어 나갔다. 그것은 편안한 독서라고는 말할 수 없었다. 이 '평 석(評釋) 천자문'의 저자는 당시의 학생들이 한자를 경시하는 경향이 있음을 한탄하고, 문장을 쓰거나 읽을 때에도, 한자의 뜻에 통하지 않아서는 오해가 생기기 쉽다고 충고하고 있으 므로, 그 당연한 생각을 바탕으로 노트까지 준비해서 참을성 있게 읽었다.

이것이 내가 처음으로 천자문의 내용과 만나게 된 것인데, 그 뒤로도 똑같은 독서법을 다른 천자문 평석본을 볼 때마다 되풀이했다. 그리고 참으로 잘 만들어졌구나 하고 감탄했다.

구카이(空海, 홍법 대사의 시호 – 옮긴이)의 이로하(いろは) 노래(일본 글자의 자모 48자를 가지고 천자문처럼 한 번씩 써서 만든 노래 – 옮긴이)도 잘 만들어져 있다. 에도(江戶) 시대 학자들은 여러 가지 다른 이로 하 노래를 만들었다. 호소이 도모치카(細井知愼)의 기미마쿠라 (君臣) 노래, 모토오리 노리나가(本居宣長)의 아후레(雨降) 노래,

다나카와 고토스가(谷川士淸)의 천지(天地) 노래, 다나카 미치마로(田中道麿)의 스미노에(住江)의 노래 등이 남아 있다. 하지만 홍법 대사(弘法大師)의 것하고는 비교도 되지 않는다.

* * *

천자문 내용의 구성에 대해서는, 대체로 의견들이 하나로 모아져 정리되었다. 필자가 감탄한 바이므로 여기에 소개하고 싶다.

첫째(1~60)는 자연 현상과 덕에 대해서, 둘째(61~102)는 충효와 일상의 예법, 학문, 수양 등에 대해서. 셋째(103~132)는 낙양과 장안, 고학(古學)의 부흥, 공신(功臣) 등에 대해서. 넷째(133~154)는 전국(戰國) 세상 이야기. 다섯째(155~200)는 나라의 넓이, 처세에 대해서, 여섯째(201~250)는 주로 가족과 사회에 대한 반성과 마음가짐 등에 대해서.

이는 매우 크게 나눈 분류이고, 실제로는 좀 더 세세하게 보는 것이 적절하다. 도대체 중복이 허용되지 않는 1천 개의 한자를 가지고, 어떻게 이러한 내용을 담을 수가 있었단 말인가. 하지만 이런 것을 가지고 계속 감탄만 할 수는 없다.

* * *

信使可覆 器欲難量(신사가복기욕난량)　　　　　，

믿음은 돌이키지 않게 해야 하고, 그릇은 헤아리기 어려워야 한다. 믿음은 성실함, 말과 행위가 언제나 일치함을 가리킨다. 사람은 어느 경우에나 언행일치에 힘쓰고, 엉터리로 남을 속이는 말을 한다거나, 고의로 그럴싸한 말을 한 다음 행위가 이에 따르지 않아서는 안 된다. 덧붙이자면 스스로를 기만하는 일에도 충분히 주의하지 않으면 안 된다.

남 속이기는 삼가야 할 일인데, 그런 때에는 남을 속임으로써 무엇인가를 의도하고, 일을 꾸미려는 자신을 알고 있을 것이다. 하지만 예컨대 어떤 권력을 따를 때에는 자신이 올바르다고 믿어 온 생각을 계속 품고 있기가 점차로 힘들어지고, 부지불식간에 자신을 기만하며 편하기를 원한다. 이런 예는 우리 주변에서 매우 흔히 볼 수 있다.

器는 사람의 됨됨이 즉 도량과 재능인데, 이는 이루 측량할 수도 없을 정도로 크고 넓은 것이 바람직하다. 이는 진중함과 고상함을 권유하고 있는 듯하기도 한데, 재능을 남에게 과시하고 싶어하는 자도 결코 적지 않으므로 이를 경계한 것이리라.

우리는 남보다 못한 점을 많이 가지고 있어서 이런 열등감 때문에 괴로워하는 일이 많은데, 남보다 훌륭한 기량을 가지고 있다고 생각하면, 그럴 필요도 없으련만, 남에게 인정받으며 우월감을 맛보려 한다. 현명한 독수리는 쓸데없이 날카로운 발톱을 보이는 일이 없다.

* * *

性靜情逸 心動神疲(성정정일심동신피)

성(性)이 고요하면, 정(情)이 편안해지고, 심(心)이 움직이면 신(神)이 피곤해진다. 이 말도 우선 이해하는 데 곤란한 점은 없다. 성도 정도, 그리고 심도, 신(정신)도 모두 평소에 사용하는 말이다. 하지만 성이란 무엇이냐는 물음을 받게 되면 대답하기가 쉬운 일이 아니다. 학자들의 해석을 읽기 시작했다가는 점점 더 깊은 수렁으로 빠져들기 때문에, 이번에는 거기에서 빠져 나오기가 어렵게 된다.

나는 지금까지 깊이 들어가는 것이 내가 할 일이라고 생각해 왔으므로, 그런 일은 피하는 편이 현명하다고 말하기도 어렵다. 성에 대해, 정에 대해, 유가(儒家)의 설이 어찌되어 있는지를 탐색하고, 이를 그대로 이해하는 일만 가지고는 별 의미가 없다. 목표는 남이 내놓은 설의 이해가 아니라 이에 따라 자신의 생각을 깊이 하는 일이 소중하다고 생각한다.

여기서 하는 말뜻은 성, 즉 성품은 태어날 때부터 고요한 것이지만, 때로는 동요하는 일이 있다. 이를 삼가서 항상 고요하게 다스리고 있으면, 정 역시 안일하게 지낼 수 있다는 것이다.

심은 성과 정을 아우른 것이므로 이를 동요시키는 일이 있으면 정신은 피곤해져서 올바른 판단을 내릴 수 없게 된다는 뜻일 것이다.

하지만 현대인인 우리는 심과 신을 어찌 구별해서 쓰고 있을까. 이것은 우리 자신도 애매한 방식으로 사용하는 경우가 많으므로, 이런 말이 천자문 속에서 유독 날카롭게 두드러져 보이는 것이다.

* * *

되풀이하지만, 천자문의 자구 해석으로 그치고 말 생각이라면, 여기서 굳이 이를 끄집어 낼 필요도 없다. 이는 모든 고전에서 공통적으로 할 수 있는 말이라고 생각하는데, 올바로 해석을 해서 현대에 이를 살리는 일, 현대를 살고 있는 자기

자신 안에 어찌 살려야 할 것인지를 생각하는 것이 아니라면
고전을 진득하게 읽을 필요도 없게 된다.

인자는 산을 즐긴다

『논어』

　서양 철학사를 공부하는 사람은, 먼저 탈레스가 제창한, 만물의 근원은 물이라는 설을 배우게 된다. 그리고 일식을 예언한다든지 피라미드의 높이를 측정한 이야기 등이 나온다. 그리고 탈레스는 그리스의 자연철학의 시조라는 말을 듣는다. 그 탈레스가 태어난 것은 기원전 624년경이고 몰년은 기원전 546년경으로 전해지고 있다.

　공자가 태어난 것은 기원전 551년경이므로 탈레스보다 조금 젊기는 하지만 같은 시기에 살았다는 것이고, 석가 역시 동떨어진 시대의 인물이 아니다. 우리는 당연히 그 철학의 역사를 서양, 인도, 중국, 이렇게 따로따로 배우게 되지만, 교섭

이 없었던 그 시대를 연대별로 비교해 보면 뜻밖의 일치와 차이 때문에 놀라는 일이 있다. 물론 기원전 5, 6세기경에 이 지상에서 인지(人智)에 어떤 이변이 일어난 것이 아닐까 생각할 필요는 없지만, 공자가 산 시절을 일본으로 옮겨 놓고 본다면, 고대 설화 속 세계인 스이제이(綏靖, 제2대 천황), 안네이(安寧, 제3대 천황), 이토쿠(懿德, 제4대 천황) 시대다.

*　*　*

우리는 중학, 고교 시절에 『논어(論語)』 속의 문장이 한문의 교재로 나온 것을 읽었다. 읽었다지만, 이를 해석하는 선생님의 설에 의문을 품는 일도 없었고, 또 공자의 사상을 어느 정도로 자세하게 배웠는지 분명한 기억이 없다. 아마도 교재로 다루어진 문장의 해석상 매우 필요한 범위에서 설명이 나왔을 것으로 생각하지만, 사상 전체를 체계적으로 배운 일이 있다면 이는 대학교의 문학부에 들어가 중국 철학을 특히 선택했을 경우의 일일 것이다.

하지만 우리가 살아가는 동안, 책 안에서, 혹은 생각지도 않은 때에 『논어』의 말이 인용된 것을 보고, 그럭저럭 하는 동안 그중 몇 가지를 거의 상식으로 갖추게 된다.

'배우고 때로 이를 익히니, 이 또한 기쁘지 아니하랴', '벗이 멀리서 오니 이 또한 즐겁지 아니하랴', '교언영색(巧言令色)은 인(仁)이 적다', '열다섯 살에 학문에 뜻을 둔다', '오십 세가 되면 천명(天命)을 안다', '배운 채 익히지 않으면 어둡다', '아침에 도를 들으면, 저녁에 죽어도 가하다', '후생가외(後生可畏)', '화이부동(和而不同)', '가(可)도 없고, 불가(不可)도 없다.'

생각나는 대로 열거한 것이지만, 그 진의야 어찌되었든, 적어도 몇 번인가는 들은 말일 것이다. 혹시 『논어』에 나오는 말이라는 것을 알지 못하더라도, 이 가운데서 두셋 정도는 어떤 기회에 사용한 일이 있을지도 모른다.

* * *

공자(孔子)는 어떤 인물이었을까. 실은 이에 대해 확실한 것이 그다지 알려져 있지 않다. 생몰년은 앞에서 썼지만, 그것은 춘추시대에 해당한다. 이름은 구(丘), 자는 중니(仲尼)로 노(魯)나라 추(諏)에서 태어났다. 어려서 아버지와 사별, 오십대 중반까지는 관직에 있었지만, 계손(季孫), 맹손(孟孫), 숙손(叔孫) 세 공족(公族)의 정치에 공분을 가져, 개혁도 단념한 채 직업을 버리고 14년간의 나그네길에 올랐다. 68세가 되어 노나라로

돌아가 연구와 제자 교육에 전념했다고 한다.

　이런 생애에 관한 이야기도 380년 후에 나온 것이므로, 맞는 말인지 아닌지도 알 수 없다. 『논어』에 의해 후세로 가면서 그를 존경하는 사람이 많아져서, 실제하고는 꽤 거리가 있는 공자상이 만들어져 버렸다.

　그래서 흔히들 말하는 바와 같이, 사실을 자세히 알아 볼 수단도 없는 우리들로서는 『논어』에 나오는 그의 말을 음미함으로써 각자가 공자의 인물상을 그려 보는 수밖에 없다.

　새삼 설명할 것까지도 없지만, 『논어』는 공자의 저서가 아니다. 공자가 제자 등과 문답을 했을 때의 말을 모아 놓은 일종의 대화록이다. 이런 책은 동서고금 여러 가지가 있고, 그 성립 경위도 다양하지만, 『논어』는 꽤 충실하게 공자의 말을 남겨 놓은 것으로 추정된다.

　즉, 이 역시 나의 추정이지만, 제자들이 잊을 수 없는 말들을 차곡차곡 기록해 놓았고, 다른 곳에서 덧붙여 놓은 것도 있을 터이지만, 이런 것들을 정리한 것이리라. 한나라 시대에는 『고논어(古論語)』, 『노논어(魯論語)』, 『제논어(齊論語)』가 있었다고 하는데, 그런 것들을 장우(張禹)가 교정해서 오늘날까지 전해 오는 『논어』로 정리해 놓았다.

　공자는 유교의 조상으로 불리는데, 그 유교가 국교가 되기도 하고, 새로운 주석이 붙기도 하고, 그 취급 방법도 시대에 따른 변화가 있었지만, 유교의 끈질긴 힘은, 『논어』가 백제의 왕인(王仁)에 의해 『천자문』과 더불어 오진(應神) 천황에게 전해진 후로 일본에도 강한 영향을 끼쳐 필독의 책이 되었고 사상적으로도 큰 영향을 끼쳤다.

* * *

혹시 『논어』에 대한 강의를 해 달라고 하더라도, 나는 이를 할 수가 없다. 다른 일들을 아주 중단하고 2, 3년쯤 이에 대한 준비를 한다면, 1시간 정도 이야기할 재료가 정리될지 어떨지.

어째서냐 하면, 얼핏 쉽게 서술되어 있는 말 하나하나에 대해 오랜 세월 동안 한학자를 비롯한 숱한 학자가 주석을 달았고, 이에 찬성하는 자, 반대하는 자가 계속 나온 만큼, 이를 끈기를 가지고 읽는 일만 가지고도 엄청난 시간이 필요하다. 그런 한편으로 이 대사업을 이루어 놓은 학자가 자신이 이룩해 놓은 해석의 과정을 상세하게 제시하면서 우리에게 가르쳐 주는 친절한 책도 많이 출판되어 있고, 구하기도 어렵지 않으므로, 강의야 어찌되었든, 『논어』의 어떤 문답에 대해 연구를 할 수도 있다. 하지만, 그것은 어디까지나 흉내 내기에 지나지 않음을 잊어서는 안 된다.

자잘한 자구(字句)의 천착을 조금 벗어나, 『논어』 전체에서 공자가 가장 강하게 주장하고 있는 사상을 파악하기란 역시 어려운 일일까.

이 역시 결코 용이하지는 않지만, 이미 숱한 연구자들이 한 말을 참고로 한다면, '과연 그렇군' 하고 납득할 수 있는 단계까지는 도달할 수 있다.

* * *

학생 시절에 배운 것을 떠올려 보면, 한문 선생님은 빈번하게 '인(仁)'이라는 말을 썼다. 새삼 『논어』를 통독해 보면, 아닌 게 아니라 '인'이라는 말은 여기저기 나오는데, 공자 자신이 이를 설명하고 있다. 문인(門人)인 유약(有若)의 말로서, '효제(孝悌)하는 자, 이는 인(仁)의 근본이니라'라는 것이 있다. 효제는 부모에 대한 효도와 형제에 대한 우애라는 말. 가정 내에서의 선의(善意)가 인의 근본이라는 것이다. 인은 인간 전반에 대한 선의라는 말이 되겠다. '교언영색에는 인이 적다'는 말도 이 것으로 이해할 수 있다.

그리고 제자들이 인이란 무엇인가 하고 빈번하게 질문한 것에 대해, '어진(仁) 자는 먼저 고생하고 후에 얻는다'(먼저 애를 쓰고 나서 목적에 도달하며, 편안한 채로 얻으려 하지 않는다), '자신이 바라지지 않는 바를 남에게 하지 마라'(경건과 배려가 인간에 대한 애정의 근본이다), '스스로에게 이겨 예(禮)로 돌아감을 인이라 한다'(사욕을 극복해서 예의 근본으로 복귀하라), 이렇게 여러 가지로 설명을 했다. 이처럼 『논어』 안에서 인자(仁者)와 관계된 문구를 찾아내자면 끝이 없다.

이 역시 사람들에게 잘 알려져 있는 말인데 공자는 지자(知者)와 인자(仁者)를 나란히 설명하고 있다.

'지자는 강을 좋아하고, 인자는 산을 좋아한다. 지자는 움직이고, 인자는 고요하다. 지자는 즐기고 인자는 목숨(壽)이 길다.' '知者樂水, 仁者樂山(지자요수인자요산)'이라는 말은 공자 이전부터 사람들에게 알려져 있는 말인데, 이를 사용해서 지자와 인자의 차이를 설명했다는 지적도 있다. 그러나 이 비교에 의해 인자의 윤곽, 풍모, 마음가짐 등이 명료해진다.

'인자는 근심하지 않고, 지자는 혹하지 않고, 용자는 두려워하지 않는다'고 하는 것처럼 3자 각각 다른 능력을 지니고 있어 여기서 우열을 따질 수는 없다. 흐르는 물의 모습을 보고 즐기는 지자는 두뇌도 유동적이고, 인자는 산을 즐기듯이 고요히 부동의 자세를 허물어뜨리지 않은 채 유전(流轉)해 가는 세상에 처해 나간다.

『논어』의 주제가 인으로 끝난다는 의미로 이곳에서 다룬 것은 아니고, 이 '인'만 하더라도 이에 도달하는 수단도 있다. 이 말고도, '하늘'이라는 것 역시 중요하게 다루어지고 있다. 하늘은 도덕적으로 행동하기 위한 규범이라 할 수 있다.

공자의 정치에 대한 생각도 빠뜨릴 수 없다. 이는 당연히 인덕(仁德)을 정치의 근본으로 생각해야 하는데, 이를 덕치주의(德治主義)라고 했다.

* * *

『논어』는 새삼 말할 것도 없이 처세를 위한 어록이며, 인간의 마음가짐을 만들어 가기 위한 요체를 모아 놓은 것이다. 여기서 비롯된 의견이 이상론의 색채를 띠는 경우가 있기는 하겠지만, 실천과의 연계가 끊어지는 일은 없다.

다만 우리들로서는 2천5백 년이나 옛 사람의 말이므로 그대로 모두 받아들이기는 어렵다는 사고도 있다. 하지만 이해하기 어려운 장면은 매우 적고 평이한 말투로 되어 있다.

일본에서는 한자를 음(音)으로 읽기도 하고 훈(訓)으로도 읽기도 하는데, 현대 일본어로 번역된 『논어』를 읽어 보면 아주 생소하게 느껴진다. 나는 오가에리 요시오(魚返善雄) 씨의 『논어신역(論語新譯)』이 정리되어 1957년 한 권의 책으로 나온 것을 읽었을 때 처음에는 기이한 느낌을 받았는데, 이는 이런 책, 저런 책의 한문을 비교해 가면서 읽었기 때문이다.

하지만 이에 익숙해지고 나서, '과연 그래' 하고 생각하기도 하고, 때로는 경구(驚句)에 대해 감탄하면서 빙긋이 웃음이 비어져 나오기도 했다. 강박적으로 품고 있던 따분함으로부터 해방되면서, 아주 별개의 아포리즘집을 재미있게 읽는 기분이 들었다.

이제 『논어』의 독자는 '인이란 무엇인가, 천이란 무엇인가' 같은 데에 골몰할 것 없이, 『논어』에 이끌리어 떠오른 자신의 생각과 함께 노는 기분도 소중할지 모른다. 물론 그것을 자신의 『논어』 해석이라는 식으로 이야기하지 않는 한 말이다.

마음에 있는 것

『시경』

여름이 되어, 찾아오는 사람이 복숭아를 선물로 가지고 온다. 혹은 우리가 방문한 집에서 복숭아가 나온다. 탐스럽고 발그스레 익은 복숭아에 얼른 칼을 대기가 약간 주저된다. 어째서일까. 아마도 복숭아 열매의, 여린 껍질 표면이 예쁘고 싱싱한 것이, 아직 화장 같은 것을 생각지도 않은 아가씨의 뺨을 문득 연상하기 때문인지도 모른다.

묵묵하게 이 복숭아의 껍질을 벗기기 전에 나는 언제부터인지 『시경(詩經)』에 나오는 아마도 가장 유명한 시 「도요(桃夭)」를 떠올리게 된다.

번거롭기는 하지만, 이 도요라는 시의 형식은 4자 4행 셋이다.

도지요요(桃之夭夭)/작작기화(灼灼其華)/지자우귀(之子于歸)/의
기실가(宜其室家)

도지요요(桃之夭夭)/유분기실(有蕡其實)/지자우귀(之子于歸)/의
기가실(宜其家室)

도지요요(桃之夭夭)/기엽진진(其葉蓁蓁)/지자우귀(之子于歸)/의
기가인(宜其家人)

학자 등이 이 시를 해석해 놓았는데, 두세 낱말을 빼놓고
보면 우리도 글뜻은 쉽게 받아들일 수가 있다. 우선 아가씨를
곱고 환하게 빛나는 복숭아꽃에 비유해서, 이런 아가씨가 시
집을 가면, 의당 시댁에 잘 융화되겠지. 무르익은 복숭아 열
매에 비유해서, 이런 아가씨가 시집을 가면, 의당 시집에 잘
어울리겠지. 그리고 그 복숭아나무의 풍성하게 우거진 잎사
귀 같은 아가씨가 시집을 가면, 그 집 사람들과 틀림없이 잘
지내겠지.

* * *

『시경』은 주희(周熹)가 이렇게 부르기까지는 그저 『시』라고

했다. 기원전 11세기의 서주(西周) 초기부터 기원전 6세기의 춘추 중기까지 사이에 전해져 온 다수의 시 가운데서 공자가 음악과 잘 어울리는 이 305편을 선택했다.

공자는 인간 필독의 고전을 『역(易)』, 『서(書)』, 『예(禮)』, 『춘추(春秋)』로 정했고, 『시』 역시 직접 제자들에게 가르칠 수 있도록 교과서로서 편찬해 놓았다. 여기서 얼른 떠올리게 되는 것은 『논어』(위정爲政 제2)에 나오는 말, '시 3백, 한마디로 이를 표현하면, 곧 사(邪)된 생각이 없다'이다. '사무사(思無邪)', 순진하고 순수함이다. 그뿐 아니라 다시 『논어』를 읽어 보면, 공자가 시의 중요성을 말하고 시 읽기를 늘 귀했으며, 그 시구의 일부를 택해 제자들과 문답하는 일이 꽤 많다. 그렇다면 시의 순수함이란 어떤 것인가가 문제가 되겠는데, 그것은 공자가 스스로 선택한 『시경』을 읽어 보면 이해할 수 있다.

* * *

『시경』의 주석은 예로부터 많이 있지만, 모형(毛亨)과 모장(毛萇)의 해석의 보주(補注)가 더해진 『모전정전(毛傳鄭箋)』이 오늘날까지 전해지고 있는데, 이를 『모시(毛詩)』라고 부른다. 여기에는 서문이 들어 있는데 이것을 '시대서(詩大序)'라고 한다.

여기에 기록되어 있는 것들은 중국에서 가장 오래된 시론(詩論)으로 평가받는데, 『고금집(古今集)』 서문에서도 이의 영향을 엿볼 수 있다. 여기에는 '시란 뜻이 가 닿는 곳이다. 마음에 우러나는 것이 뜻이 되고, 말로 내놓는 것이 시가 된다'고 써 놓았다. 시란 본래 이와 같이 마음에 우러난 것을 일그러뜨림 없이, 꾸밈없이, 그대로 순수하게 말에다 싣는 것이라고 했다. 하지만 마음에 우러난 것을 말에 싣기만 해서는 부족하며, 이를 소리 높여 노래하고 그래도 부족하면 춤춘다.

세상이 잘 다스려져 편안한 시절이라면, 정(情)이 그대로 목소리가 되어 이를 불러도 안락하기만 하다. 하지만 난세에는 한(恨)의 기색이 여기에 실린다. 이는 정치가 도에서 벗어나 있기 때문이다. 국민이 이 때문에 고통을 받게 되면 구슬픈 망국의 소리가 되고 노래가 된다. 그래서, '(정치의) 득실을 바루고, 천지를 감동시키고, 귀신을 감탄하게 하는 것으로서는 시보다 나은 것이 없다'는 것이다. 즉 이 시의 효용을 제대로 터득하고 있으면, 인간의 도덕관념을 높일 수도 있고 풍속의 어지러움을 바로잡을 수도 있다.

'시에는 여섯 가지 의(義=體)가 있다. 하나는 풍(風)이요, 둘은 부(賦)요 셋은 비(比), 넷은 흥(興), 다섯은 아(雅), 여섯은 송(訟).'

풍(風)이란 원래 신과 관계가 있는 종교적 시가였지만, 이것이 점차로 습속과 생활상의 감정을 읊는 시로 변화했다. 『시경』에도 160편이나 된다. 연애, 혼인, 생활의 고통, 전쟁, 제례, 수렵의 시가 포함되어 있다. 부(賦)는 직접 감정을 토로하는 표현 방식이고, 비(比)는 비유를 사용한 것, 흥(興)은 관용화한 시, 아(雅)는 서사시에 가까운 것, 송(訟)도 서사시적인 요소가 많은데, 종묘에서 조상의 모습을 재현시킨 것이라고 말하고 있다.

* * *

어느 나라, 어느 지방에 남겨져 있는 것이든, 민요에는 후렴이 많은데, 『시경』을 읽는 경우에도 이것이 인상적으로 많이 남게 된다. 그리고 그 후렴 앞에 붙어 있는 문구에도, 한두 글자를 매우 단순하게 변화시킨 것이 많다.

모과(木瓜)를 던져 주었다. 그 답례로 경거(瓊琚=구슬)를 보낸다. 되풀이에서는 이 모과가 목도(木桃)가 되고 목리(木李)로 변한다. 그러면서 그 후렴은 '비보야(匪報也)/영이위호야(永以爲好也)'(보답하기 위함이 아니라/오래도록 사이좋게 지내기 위함이지). 이런 것은, 남에게서 어떤 물건을 받았을 때의 답례로 이 글을 곁들이고 싶은 구질이다.

그리고 '척호(陟岵)'라는 제목의 시가 있다. 부역(賦役)에 관한 시인데, 고향에서 멀리 떨어져 있는 자가 아버지를 생각하고 어머니를 생각하고 형 생각을 한다. 그래서 아버지도, 어머니도, 형도 다음과 같이 되풀이한다.

'상신전재(上愼旃哉)/유래무지(猶來無止)'(바라건대 이를 삼가라/그리고 오라 멈춤 없이) 아무쪼록 조심해서 무사히 돌아와 다오. 이 맨 끝에 나오는 지(止)가 되풀이될 때마다, 기(棄)로 바뀌고, 사(死)로 바뀐다. 멀리 떨어져 있는 부모와 형제가 부역으로 징집되어 있는 자신을 어떤 심정으로 걱정하는지를 상상해 가면서 부른 것인데, 지난날 전쟁터에서 군인들이 부른 슬픈 노래를 떠올리게 된다.

* * *

육아(蓼莪)라는 시가 있다. 크고 멋지게 자라난 蓼은 여뀌, 莪는 다복쑥이다. 이 풀의 새 잎은 연하고 맛이 좋다. 그러던 것이 어느 사이엔가 고(蒿, 먹을 수 없는 풀)가 되어 버렸다. 이를 자신의 신세에 비유해, '보모님은 훌륭하게 나를 키워 주셨건만, 나는 쓸모없는 인간이 되어 효도도 못하고 부모에게 고생만 시킬 뿐이구나' 하고 한탄하는 시다. 이런 시로 시작해, 결국 너무나 형편없는 정치를 하고 있는 세상에서 이 슬픔과 쓰라림을 어디에 쏟아놓아야 할지 알 수가 없다는 것이다.

이처럼 국민의 탄식을 제재로 삼은 것도 꽤 많다.

목불인견(目不忍見)의 착취를 하기 위해 동분서주하고 있는 지배자를 손 놓고 바라보는 수밖에 없어 탄식을 계속한다. 우리는 장(漿=묽은 음료)도 못 마시는 처지인데, 그들은 술에 취해 있지 않나.

이런 시는, 그 당시의 역사를 찾아보고, 이와 대조해 보면 좀 더 잘 납득할 수가 있는데, 우리가 오늘날 체험하고 있는 것과도 충분히 비교된다. 그리고 어떤 사람은, '위정자는 옛날이나 지금이나 다른 점이 없구나' 생각할 수도 있겠고, 체념해 버리는 일도 있을 것이다.

하지만 그들이 내뱉는 고통스러운 호소를 보면서, 오늘의 세상을 그럭저럭 잘 살아가는 셈 치고 있는 우리보다는 용기가 있군, 하며 시에 담겨 있는 감정의 표현에 감동하기도 할 것이다.

* * *

『시경』에는 예로부터 주석이 다양한 형태로 나오고 있지만, 그 연구 역시 거의 중단됨 없이 계속되고 있고, 그렇게 나온 보고가 우리 주변에도 많이 있다. 나는 전에『시경』을 열심히 읽어 본 일이 있다. 물론 연구를 하려던 것은 아니다. 그리고 새로운 해석을 시도하기 위한 계획을 세운 것도 아니다. 따라서 내 글을 쓰면서 이를 끌어들인 일도 없을 뿐 아니라, 나 스스로 이런 일을 안 하기로 작심하고 있었다.

하지만 당시 내 공책에는 내 마음에 걸리는 시 중에서 한 구절 같은 것을 옮겨 놓은 일이 있다. 이것은 특별히 감명을 받았다는 의미가 아니라 그저 메모를 한 것이다. 단장취의(斷章取義, 남의 시문 일부를 취해 제멋대로 씀 - 옮긴이)라는 말이 있지만, 이를 어딘가에 이용해야겠다는 기분이 있었던 것이 아니므로, 이 또한 아니다.

심즉려(深則厲)/천즉게(淺則揭)(깊은 내를 건널 때는 옷을 위까지 걷어 올리고, 내가 얕을 때면 바짓부리를 조금 들어올린다). 이 말은 난세에는 난세에 처하는 수단이 있고, 치세에는 치세에 처하는 길이 있다는 뜻이다.

이를 내가 적어 놓은 까닭은, 세상이 변화함에 따라서 이에 합당한 태도로 처신하라는 것이기는 하지만, 이를 잘못 받아들였다가는 위험도 포함되어 있기 때문이다. 왜냐하면 외부의 힘, 변화해 가는 형세에 깨끗이 순응하는 것이 반드시 현명한 삶은 아니기 때문이다. 살기 위한 요령만을 몸으로 익힌 사람이 많아지면 매우 위험해진다. 악정과 권력을 허용하게 되는 기반을 조성하는 일과 연계되고 말 테니까 말이다.

'노마반위구(老馬反爲駒)'(늙은 말이 도로 망아지가 된다). 이는 모공(毛公) 등의 해석으로는, '노인을 아이처럼 취급하다 보니, 마침내 그 사람도 늙기를 잊는구나'가 되지만, 주자(朱子)의 경우 '늙은이라는 것을 잊고 젊은 체하다가, 훗날 감당할 수도 없는 무거운 짐을 진다'고 해석하고 있다.

나로서는 어느 쪽 해석이 올바르다는 것이 문제되는 것이 아니라 어느 쪽으로 해석해도 좋겠구나 하는 생각이 들고, 이처럼 두 가지 해석이 있기 때문에 잊을 수 없는 구절로 기억하고 있다.

내직이외곡(內直而外曲)

『장자』

장자(莊子)의 이야기 가운데서 누구나 알고 있는 것은 그가 나비가 된 꿈을 꾸었다는 것이다.

우리는 잘만 하면 꿈속에서 나비가 될 수 있을지 모르지만, 여기서는 그 정도가 아니다. 장자의 이름은 주(周)였으므로 장주(莊周)라고 하는데, 그는 나비가 되어 공중을 날았고, 그 기분은 매우 상쾌했다. 잠시 후 잠에서 깨어나 나비로부터 다시 장주로 돌아왔다.

그때 그는 생각했다. 지금 이렇게 눈을 뜬 자신이 꿈속에서 나비가 되어 있었단 말인가. 아니면, 눈을 뜬 것이 아니라 실제로 하늘을 날고 있던 나비가 장주라는 인간이 된 꿈을 꾸고 있는 것이 아닐까. 이렇게 현실과 꿈의 구별을 할 수 없게 되었다.

일반적으로 현실과 꿈은 확실하게 구별되어 있다. 그래서 나비는 나비, 인간은 인간으로서 별개의 것이다. 하지만 구별을 하고 있으면서도, 현실이라고 생각하고 있는 것이 실제로는 꿈이고, 꿈이라고 생각하고 있는 것이 현실일지도 모른다.

이는 우리들 역시 헷갈릴 수 있는 일이다. 거지가 된 꿈을 꾸고 있는 임금님과 임금이 된 꿈을 꾸고 있는 거지 중에 어느 쪽이 과연 행복할까라는 말이 있는데 이 비교를 좀 더 진전시켜서, 인간은 이것은 꿈이고 저것은 현실이라고 확신하게 알아 보았자 별 뜻이 없으니, 자신에게 주어진 현상을 순수한 마음으로 즐기면 될 것이 아닐까 하는 생각에 도달한다.

좀 더 이 생각을 진전시켜 본다면, 나비여도 좋고 인간이어도 좋다. 사람은 자신의 주변에 있는 것들을 이것은 아름답다, 저것은 추하다고 단정하고, 삶을 원하고 죽음을 두려워하고 있지만, 그런 구별을 하지 말고 이런 것들이 각각 유전(流轉)하는 가운데 존재하며, 주어진 모든 것을 기꺼이 받아들이는 것이 소망스럽다는 것이다.

장자의 사상을 아주 간단하게 말해 본다면 이와 같이 된다. 물론 이뿐이 아니다.

* * *

　나는 한문을 능숙하게 읽을 수 있게 되었으면 생각하고 있었으면서도 이를 이룰 수 없었으므로 이제 와서 부끄럽게도 고생을 하는 처지인데, 지금으로부터 약 반세기 전에 『장자』에 열중하던 시기가 있었다. 그 무렵에는 몇몇 친구들과 문예 잡지를 시작해, 전쟁이 일어날 때까지 16호까지 내놓았다. 그 창간호에 나는 '장자'라는 제목의 글을 썼다. 활자화해 놓는 바람에 그 문장만큼은 오늘날에도 다시 읽어 볼 수가 있는데, 장자와 그 세 번째 아내 이야기를 제재로 삼은 소설 비슷한 글이다.

　……바람이 잔 여름날 새벽, 장자가 묘지 안에 있는 오솔길을 걷고 있었는데, 한 젊은 아낙네가 한 무덤의 흙에 부채질을 하고 있었다. 연유를 물어보니, 이곳에는 남편의 시신이 묻혀 있는데 숨을 거두기 전에 남편이 다른 곳으로 다시 시집을 갈 생각이라면, 무덤의 흙이라도 마른 다음에 해 달라는 말을 했다. 여러 날 기다려도 도무지 흙이 말라 주지를 않기 때문에 이렇게 부채로 부치고 있다는 것이었다.

　그래서 장자가 부채를 건네받아 부채질을 하자, 흙은 금방 갈라지기까지 하며 말라 버렸다. 여인은 기뻐하며 부채를 장자에게 주고 떠났다. 집으로 부채를 가지고 돌아온 장자에게 아내가 의심의 눈초리를 보내므로 묘지에서의 사건을 이야기해 주었다. '나한테 이런 부채는 필요하지 않다'며, 아내는 부채를 찢어 버렸다.

장자는 남화산(南華山) 기슭에서 가을비가 내리는 날 죽었다. 임종 직전, 내가 죽어서 무덤에 묻힐 때, '당신이 찢어버린 부채가 있었더라면 얼른 이를 말릴 수 있을 텐데 아쉽게 되었군' 하고 말했다. 마지막 시점에 그런 소리를 듣고 속상한 마음에 울부짖었지만, 장자의 아내는 남편의 무덤이 아직 마르기도 전에 장자의 문하생이 되고 싶어 초나라에서 온 왕손(王孫)이라는 사람과 사랑에 빠졌다. 대체로 이런 이야기다.

장자의 생애에 대해 거의 알려진 것이 없지만, 이 무렵 나는 어디에서 이런 자료를 얻었는지 그때 가지고 있던 책들은 전혀 남아 있지 않으므로 기억을 일깨워 줄 만한 수단도 전혀 없다.

* * *

『장자』는 서진(西晉)의 곽상(郭象)이 정리해 놓은 것이 오늘날 남아 있는데, 그것은 내편(內篇) 7, 외편(外篇) 15, 잡편(雜篇)

11, 이렇게 33편으로 되어 있다. 내편의 '소요유편(逍遙遊篇)', '제물론편(齊物論篇)'은 장주의 사상을 쓴 것이지만, 그 밖의 것들은 뒷날 어떤 사람이 장자의 사상을 해설하면서 써 놓은 것으로 생각된다. 이에 대해서는 전문 연구가에게 맡기는 수밖에 없다.

나는 나 자신이 특별히 깊은 관심을 가지고 있는 사상가의 경우를 제외하고는, 이런 유의 자잘한 천착은 크게 신경 쓰지 않고, 고전이라는 말을 듣는 책은 비교적 자유롭게 읽고 있다. 그리고 마음에 와 닿는 문장을 보게 되면 그 짧은 글을 주변에 있는 종이 같은 데에 메모로 적어 놓은 다음, 그 종이를 책에 끼워 놓기도 하고 다른 노트 사이에 끼워 놓곤 한다. 이왕이면 그런 경우에 쓸 노트라도 만들어 놓으면 좋았으련만, 이처럼 그때그때의 기분에 따라 눈에 뜨이는 문장 또한 다르므로, 이런 것은 잠정적인 것인 만큼 보존할 것까지는 없을 것으로 생각하고 있다.

최근 『장자』를 읽은 것은 약 3년 전이었는데, 그때의 메모가 책 사이에 끼워진 채로 남아 있었다. 이들을 잠시 되읽어 가면서, 약간의 감상을 더해 보고자 한다.

* * *

양(梁)나라 재상 혜자(惠子)가 장자에게 말했다. '위왕(魏王)이 나에게 큰 표주박 씨를 주었는데, 이를 심어서 열매를 맺게 했더니 5섬의 물이 들어가 도저히 들어올릴 수가 없었다. 그래서 이를 깨어서 내버렸다.' 이 말을 듣고 장자는 '부자고졸어용대의(夫子固拙於用大矣)'(그대는 참으로 큰 것을 다루기에는 모자라는군요)라고 했다. 즉 표주박을 보면, 물이나 술을 담는 일밖에는 생각하지 못한다. 크면 통으로 삼아 강호(江湖)에 띄울 수도 있으련만……(逍遙遊篇)

이 이야기의 배후에는 장자의 사상이 깃들어 있다. 인간은 속세에서 유용한 것에만 관심이 있어서, 세상에서 쓸모없는 것이라며 버려지는 것 가운데 참 유용이 있다는 것을 알아차리지 못한다. 큰 표주박이 있으면 강에 띄워, 이를 타고 널따란 자연 속에서 자신을 즐기면 좋지 아니하냐고 가르치고 있다.

버리는 것이 많은 오늘날의 세상에는 장자의 사상에 도달하기 이전에도, 그런 것들을 수리한다거나, 수리가 도저히 불가능하다면 이를 활용해 다른 것으로 쓸 수 있는 것이 많을 것이다. 세상에서 외면당하는 일에 신경을 쓸 필요는 전혀 없다.

다음 이야기는 『장자』 중에서도 아주 엉뚱한 곳에서 나온 것인네, 우리들에게는 이 역시 생활 주변 가까이서 볼 수 있는 문제로 받아들여진다.

공자의 제자 자공(子貢)이 여행을 하는 도중, 한수(漢水)의 남안을 지나가고 있을 때, 어떤 노인이 논일을 하면서 물을 푸고 있었다. 그 푸는 방법을 보니, 우물에 들어가 물을 퍼담은 항아리를 안고 나와서 논에 물을 흘리고 있었다. 보고 있자니, 수고만 했지 도무지 능률적이 아니다. 자공이 말을 걸었다. '그렇게 하지 말고 편리한 기계가 있는 것을 모르십니까. 그 이름을 고(槹 : 용두레)라고 하는데요.'

그러자 노인은 이렇게 대답했다.

'나의 스승은 이렇게 말씀하셨지요. 유기계자필유기사 유기사자필유기심(有機械者必有機事 有機事者必有機心, 기계가 만들어지면 반드시 機事, 즉 음모가 행해진다. 기사가 있으면 또 반드시 機心, 즉 음모하는 마음이 우러난다)'(天地篇). 이렇게 점차로 인간의 순수한 마음이 상실되어 가고, 삶이 불안정하게 되고, 진리는 이런 사람을 지탱할 수 없게 되고 만다. 용두레라면 나도 알고 있지만, 나는 창피해서 도저히 쓸 수가 없다. 논에 있던 노인이 스승이라고 한 것은 장자를 가리킨 말인데, 용두레 정도가 아니다. 오늘날 농가 사람들이 사용하고 있는 기계를 본다면 장자는 무엇이라고 할까. 농가 사람들로 국한된 것이 아니라 우리 현대의 인간 모두가 기계에 대해 가지고 있는 마음, 이를 사용하는 일에 길들여진 마음을 어찌 생각하면 좋을까.

이 문제는 이미 기계가 나오자마자 인간에게 과해지고 있음에도 불구하고 기사기심에 쫓겨 진지하게 생각할 틈도 없고, 어쩌면 기계를 멸시하는 일이 인지(人智)를 거스르는 것으로 비치는 오늘날이다.

* * *

『장자』에는 '인간세(人間世)'로 묶인 한 편이 있다. 인간의 현실 사회생활에서 자신과 사회와의 관계를 구체적으로 이야기하고 있는 흥미 깊은 한 편이다. 특히 장자가 전국시대에 살았던 사람임을 생각할 때, 늘 압력을 가하고 있던 권력에 대해 어찌 처신하면 좋았을까. 이는 그로서도 당연히 언급해야 할 사항이었을 것이다.

이 편의 첫머리에 안회(顔回)과 공자의 문답이 있다. 물론 그들이 한 실제 문답의 기록이 아니고, 그 내용은 장자가 지어낸 것이다. 거기에 깃들어 있는 장자의 의도와 풍자, 야유를 우리는 가능한 한 정확하게 읽어내지 않으면 안 되는데, 그 안에서 우리를 자극하고 놀라게 만드는 말이 여기저기서 발건된다.

인간은 권력, 혹은 이를 휘두르는 인간 앞에서 비굴해진다. 올바르다고 믿는 바를 두려움 없이 말했다가는 죽음을 당하고 만다. 어찌해야 할 것인가.

그때 안회가 한 말이, '내직이외곡(內直而外曲 안은 곧고 밖은 굽었다)'. 즉, 외부에 대해서는 자신을 굽혀 알력을 일으키지 않도록 애쓴다. 권력을 따르는 사람들과 똑같이 행동하고 있으면서 마음속으로만 자신의 세계를 지켜 가면서 결코 그것까지 굽히는 일은 하지 않는다. 말할 때에는 옛사람의 말을 교묘하게 사용한다. 그렇게 하면 권력자에게 상처 주는 일도 없을 것이다.

이런 생각은 역사를 되돌아볼 때 다양한 사람들이 언급하고 있다. 나는 젊어서부터 이 생각을 되풀이하면서 내직외곡의 수단을 취해야 할 일이 많이 있었다. 밖과 더불어 안까지 굽혀 놓으면 그처럼 편한 일이 없겠지만, 아무리 곤란한 경우에도 안만큼은 굽히지 않아야 할 것으로 생각한다.

하지만 『장자』에 나오는 공자는 그렇게 해서는 안 되며, 마음의 재계(齋戒), 자신의 마음을 비우고 우주적인 직관에 포용되지 않아서는 안 된다고 말한다.

나는 생각과 실행을 도저히 그렇게까지 해 나갈 수는 없다.

선의 결여

아우구스티누스의 『고백록』

그 교실은 매우 작아서, 의자에 걸터앉으면 등 쪽에 창이 있을 뿐이었으므로, 날씨가 좋은 날에도 전등이 필요했다. 그로부터 벌써 50년 이상 지나 버렸지만, 나는 서너 명의 청강생과 더불어 이데 다카시(出隆) 선생의 아우구스티누스에 대한 강의를 듣고 있었다. 그 전해에는 플로티노스에 대한 강의였으므로 나 자신이 특별히 열을 내서 조사해 볼 필요도 없었고, 잘 듣기 위해서 노트만 뒤적이고 있어도 흥미가 점차 넘실거리듯 커졌다.

훗날 내가 학생들을 앞에 앉혀 놓고 철학의 흐름 같은 것을 이야기하게 되었을 때, 철학 노트류가 나에게 있었더라면 이야기 준비를 하는 데 매우 도움이 되었을 터이지만 아쉽게도 전쟁으로 불타고 말았다.

그런데 1987년, 선생님의『플로티노스와 아우구스티누스의 철학 강의』가 출판되었다. 한 글자 한 구절을 그대로 노트에 써 놓은 것은 아니었지만, 좌우간 오류가 없도록 쓴 일이 있는 문장이므로, 읽는 동안 그리움이 느껴지고, 다시 거기에서부터 샘솟아 나오는 것들이 있었다.

지금 여기서 그 아우구스티누스의 철학 전반에 대해 논하려고 생각하는 것은 아니다. 수많은 저작 가운데서『고백록』의 그 한 부분을 생각하기 위한 재료로 삼고 싶은 것이다.

* * *

한 권으로 되어, 각 항목이 가장 간단하게 기록되어 있는 백과사전에는, 아우구스티누스가 다음과 같이 설명되어 있다. 'Aurelius Augustinus 북아프리카 누미디아 태생의 기독교 교부(354~430). 처음에는 마니교도였으나, 386년 밀라노에서 기독교로 개종하고, 한때 고향에 돌아간 뒤 396년 사제가 된다. 철학과 신학에 관한 저작이 많다.' 간단하지만, 입학시험 공부를 위해서는 이것으로 충분하겠다. 하지만 이 정도의 지식을 가지고서는 우리가 생각할 수 있는 자료라고는 아무 것도 얻을 수 없다. 『고백록』이 어째서 사람들에게 널리 읽히고 있는지를 가르쳐 주지 않으니까.

『고백록』이 『신국론』, 『삼위일체론』 등과 더불어 그의 주요 저서라는 것은 누구나가 인정하는 바이며 그다지 난해한 책도 아니다. 당연한 일이지만, 거기에는 자신의 어린 시절에서부터 그것이 쓰이게 된 시점까지의 반생이 극명하게 기록되어 있다. 하지만 거북스러운 이야기들은 생략하고, 특별히 많은 사람들이 읽어 주었으면 하는 사항에는 별것도 아닌 군더더기를 덧붙여 장식까지 하는 자서전이 아니라, 선행두 악행도 그대로 숨김없이 고백하고 있다. 이 점이 바로 일반 독자들의 흥미를 끌게 만들었다. 내용은 똑같더라도, 이 책에 『자서전』이라는 책 이름이 붙여져 있었더라면 이처럼 유명해지지 않았을지도 모른다.

이 책 이름에 관해서인데, 원제는 Confessiones다. Confessio의 복수형이다. 루소에게도 같은 이름의 자서전이 있는데, 이 역시 과장이나 고의적인 생략은 없다. 이처럼 가치 있는 자서전 이름도 많이 떠오른다.

그래서 이 아우구스티누스의 『콘페시오네스』도 『참회록』이라는 이름이 붙여져 있는데, 내용을 보면 단순히 지난날에

저지른 자신의 악행을 정직하게 아무 숨김도 없이, 창피를 무릅쓰며 하는 참회로 그치는 것이 아니다. 오히려 그 악에서 구해 주신 신에게 감사의 마음을 품고 그 신을 찬미하는 것이 주제이므로 『찬미록』으로 하는 것이 더 어울린다는 의견도 나왔다.

하지만 그것 또한 이 책의 참뜻, 혹은 원제목의 참뜻을 드러내는 것이 아니므로, 나는 지난날 배운 것처럼 『고백록』으로 부르기로 하고 있다.

* * *

『고백록』은 13권으로 이루어져 있는데, 이를 대충 훑어보자.

제1권은 유년기의 분노와 질투, 학교에 들어가면서부터 공부를 게을리하고 놀이에 열중했다는 것이고, 청년기의 자신을 이야기하는 제2권에서는 방탕과 타락의 생활이 기록되어 있다. 제3권은 카르타고에서의 생활 이야기인데, 수사학(修辭學) 학교에서 좋은 성적을 거두어, 19세 때 키케로의 '철학으로의 유인서' 『호르텐시우스』를 읽고 성서도 읽었지만, 그 문체에 실망, 그 당시 유행하고 있던 마니교에 끌리게 되었다.

마니교는 마니(Mani, 216~276)를 시조로 하는 종교다. 조로아스터교에 불교와 기독교의 가르침을 곁들인 종교인데, 입과 손과 가슴의 금욕과 10계를 내걸었고, 동서로 널리 퍼졌으며, 중국과 일본으로도 영향을 끼쳤다. 마니는 사교도(邪教徒)로 몰려 처형되었다.

『고백록』으로 되돌아와, 그 제4권에서는 마니교에 빠져 있다가, 친구의 죽기 직전의 회심에 감동한다. 제5권에서는 마니교 교리를 더 깊이 파고들려 했지만 이루지 못하고 회의론으로 기울었다. 로마로 간 그는 수사학 교사로서 밀라노에 초청받아, 이곳에서 주교 암브로시우스의 말을 듣고 사교를 버렸다. 다음 권도 이 주교의 인격의 감화로 가톨릭 신앙을 가지게 된 이야기를 기술하고 있다. 제7권에서는 사도 바울의 편지에서 기독교의 진리를 깨닫게 되었다. 제8권에서는 금욕 생활을 한 기독교 수도승 등의 이야기를 듣고 32세 여름에 회심한다. 신앙심이 매우 강한 아우구스티누스의 어머니 모니카의 줄기차고 뜨거운 기도가 열매를 맺었다. 제9권에서는 영예, 욕망을 버리고, 어머니와 자신의 아들과 친지들과 더불어 밀라노 교외에서 살았고, 387년에 암브로시우스에게 세례를 받은 일, 어머니의 급사 등에 대해 쓰여 있다.

제10권은 『고백록』을 집필할 당시의 반성, 자신에 대한 음미를 하고 있다. 그 나머지 3권은 창세기의 해명에 할애하고 있어, 자칫 『고백록』하고는 관계가 없는 것으로 간주되는 일도 있지만, 아우구스티누스의 철학을 알기 위해서 매우 흥미로운 사실들이 들어 있다.

* * *

아우구스티누스가 젊었을 무렵의 일을 좀 더 상세하게 말한다면, 우선 아버지 파트리키우스는 누미디아 주 타가스테의 지주였는데, 이교도였고 그다지 좋은 이야기를 하고 있지 않다. 정열적이고 욕심도 많았으며, 성격도 격한 면이 많았다. 아마도 그 핏줄을 이어받은 자신이 그런 정열 때문에 여기서 고백해야 할 만한 생활을 했고 그래서 괴로워했던 모양이다. 이에 반해 경건한 기독교 신자였던 어머니 모니카에 대해서는 어렸을 때부터 의지하는 마음이 있었고, 『고백록』 제9권을 찬찬히 읽어 보면, 모니카를 칭송하고, 어머니의 사랑을 서술한 아름다운 문장이 이어져 있다.

티베르 강 하구의 오스티아 항 여관에서, 고향으로 돌아가는 어머니와 아들은 창가에 앉아 조용히 성자들의 영원한 생명에 대해 대화를 한다. 그리고 며칠 뒤 병에 걸린 어머니는 세상을 떴다.

'나에게 이 세상에는 아무런 여한도 없다. 이 이상 세상을 살아간다 한들 무엇을 해야 할지 모르겠구나. 내 소망은 다 이루어졌다. 내가 죽기 전에, 네가 가톨릭 신자가 되는 모습을 보고 싶었단다. 하느님께서는, 이 나의 소망을 충분히 채워 주셨구나. 이제 나는 네가 이 땅 위의 행복을 가볍게 보고, 하느님의 종이 된 것을 보게 되었구나. 이 이상 더 할 일이 무엇이 있겠니.'

이런 어머니를 가졌으면서, 공부를 위해 카르타고로 간 다감한 그에게 유혹은 끊임없이 다가왔다.

'카르타고에서는 불결한 사랑의 큰 솥(사르타고)이 내 주변에서 부글부글 소리를 내고 있었습니다. 나는 그때 아직 사랑을 하고 있지는 않았지만, 사랑하기를 사랑하고 있었습니다. 그리고 그 밑바닥에 깊이 도사리고 있는 욕망에 비추어 볼 때 나의 욕망이 적다는 점이 못마땅했습니다. 나는 사랑을 사랑하면서, 무엇을 해야 좋을 것인지 찾아 헤매었고, 편안함을 증오하고, 덫이 없는 길을 못마땅해했습니다.'

이 문장은 제3권 제1장에 나오는 유명한 대목인데, 여기서 분명하게 알 수 있는 것처럼 스스로 덫을 찾아서 그 안으로 들어갔다. 유혹이란 이에 거스르고 지지 않고자 발버둥치기 때문에 유혹이라 할 터이지만, 이 경우에는 거역할 마음 따위는 전혀 없었다.

카르타고에 가서도 어떤 여성을 알게 되어, 19세 때에 아들 하나를 얻었다. 이 아이에게는 하느님에게서 받았다는 뜻의 아데오다투스라는 이름을 붙였다. 기독교적인 도덕으로 본다면, 바로 불륜행위였지만, 젊은 아우구스티누스를 변호하는 듯한 말을 해본다면, 이 여성을 버리지 않고 15년 동안 함께 살았다는 것이다.

그는 이 여성과의 결혼을 바라고 있었던 모양이지만 주변에서는 이를 허용하지 않았고, 아이만을 거두고는 오래도록 살아온 여성과 헤어지게 되었다. 그녀는 결코 재혼하지 않겠다고 맹세하고 떠나갔다. 그에게는 새롭게 결혼하고 싶어하는 다른 여성이 있었지만, 유스티니아누스 법전에 정해져 있는 해, 아들이 아직 12세가 안 되었기 때문에 2년가량 더 기다려야 했다.

하지만 그러는 동안에, 다시 다른 여성을, 아내로 삼기 위해서가 아니라 '육욕의 노예로서' 자신의 것으로 삼아 버렸다.

* * *

이러한 애욕의 반복 뒤에, 아우구스티누스에게 회심의 때가 왔다. 우리는 이를 어찌 이해하고 해석하면 좋을까. 이 문제를 풀기 위해, 혹은 풀지는 못하더라도 생각만이라도 하기 위해,『고백록』의 애욕에 관계된 부분을 약간 강조해서 선택해 보았다.

우리가 처해 있는 조건은 가지각색이므로, 당연히 이 문제에 대한 생각 또한 일치할 리가 없다. 그리고 생각을 더 깊이 하기 위해 더 넓고도 차분하게 저작물을 읽고, 그 후세의 영향과 비평 등을 살펴볼 필요도 있을 것이다. 하지만 이를 놓고 '우리는 지난날 저지른 잘못이 있을 때, 이를 많은 사람들에게 고백할 것인가'라는 문제로 간추려 놓아도 좋을지 모르겠다.

아우구스티누스는 자신에게 잘못을 되풀이하게 만든 세상에 집착하는 일이 싫어졌고, 그대로 있다가는 다시 욕망을 되풀이하게 될 터이므로 교회로 도피했다고 한다면 지나치게 단순한 견해가 될 것 같다. 교회가 그처럼 안성맞춤의 낙원이라는 식으로 생각하는 사람은 없을 터이니까.

고백할 만한 과오를 갖고 있지 않은 사람은 논외로 치고, 현대를 요령 있게 살아가는 방법을 몸에 익힌 사람이, 지난날의 일들을 일부러 고백할 필요는 없지 않겠느냐 하는 지나치게 건조한 처세술에는 의문이 남는다.

IV

고전과 함께

우주국가의 동포

마르쿠스 아우렐리우스의 『자성록』

마르쿠스 아우렐리우스 안토니누스는 로마 제국의 황제다. 5현제(賢帝)의 하나로 꼽히는 인물로서, 어려운 시절에도 훌륭하게 나라를 다스렸다. 이것만으로는 미흡하므로, 좀 더 상세하게 전기를 읽어 두기로 한다.

121년, 로마에서 태어났는데 조상은 스페인 출신이다. 그가 8세 때 죽은 아버지는 남의 이야기를 들어 보나, 자신의 기억으로나 '점잖고 씩씩한' 인물이었다. 이 소년을 본 당시의 황제 하드리아누스는 이미 그 빼어난 자질을 간파하고 있었다. 학교에도 다닐 수 없을 정도로 병약했지만 스스로 신체를 단련해서 건강해지고, 문학과 여러 예술을 익히고, 특히 철학에 강한 관심을 가지고 있었다. 그것은 스토아 철학이었다. 이를 그에게 강의한 것은 철학사에 그 이름을 남겨 놓은 뛰어난 학자들이었다.

하드리아누스가 죽을 때, 마르쿠스 아우렐리우스는 17세였다. 하드리아누스의 유지(遺志)에 따라 안토니누스 피우스가 즉위했는데, 그 유지에 따라 마르쿠스는 의제(義弟) 루키우스 웰스와 함께 안토니누스의 양자가 되고 후계자가 되었다. 그리고 안토니누스의 죽음(161년) 후 황제가 되었다.

그 이후의 로마 제국은 참으로 다난했다. 게르만의 침입에다 동방에서는 파르티아. 이런 사변 끝에 여병도 크게 퍼져 무수한 사망자가 나왔다. 북이탈리아에 침입한 마르코만니 사르마타에를 격파했다. 178년, 다시금 게르만 민족이 침공했을 때에는 승리를 거두었지만, 180년, 58세의 나이로 전염병으로 죽었다. 마르쿠스의 재위 중에는 전쟁이 계속되어 부득이 싸울 수밖에 없었지만, 그는 평화를 사랑하는 인물이었고, 그 치세는 높이 평가되고 있다.

* * *

황제로서의 책임은 막중하다. 특히 전쟁터에 나가서 지휘를 하는 마르쿠스 아우렐리우스에게는 자신이 좋아해서 익힌 철학을 정리해 책으로 내놓을 여유가 있을 턱이 없었지만, 틈이 나는 대로 떠오르는 단상을 써 놓았다.

그는 소년 시절부터 글쓰기를 좋아했는데, 전쟁터에서는 도저히 시간을 내서 그가 원하는 방식으로 쓸 수가 없어 머리에 떠오른 일들을 메모해서 기록하는 수밖에 없었다.

그리스어로 쓰인 단편은 다행히도 사본으로 남겨졌고, 그것이 처음으로 인쇄되어 책으로 나온 것은 1558년이므로, 1400년 가까이 거의 모든 사람의 눈에 뜨이지 않은 채로 있었던 셈이 된다.

이 최초의 책에는 '자기 자신에게'라는 그리스어 표제가 달려 있었지만, 이를 마르쿠스 아우렐리우스 자신이 붙인 것인지 아닌지는 그 소중한 사본 자체가 없어져 버렸으므로 확인할 도리가 없다. 일반적으로는 『자성록』이라고 불리고 있다. '자기 자신에게'라는 말에서 기묘한 느낌을 받게 될지도 모르지만 매우 정직한 이름이다. 다른 일기, 혹은 일기풍의 문집에 이와 비슷한 이름이 붙은 책을 떠올릴 수가 있는데, 마르쿠스의 것은 별로 비밀로 덮어 두고 싶은 일들이 서술되어 있는 것은 아니다. 오히려 그의 경우에는 문장이라는 것 자체에 강한 관심을 두고 있었던 터라, 이런 메모풍의 짧은 글은 애당초부터 남에게 읽힐 것이 아니었다. 이는 전적으로 자신을 위한 메모에 지나지 않는다는 기분이 강했던 모양이다.

하지만 우리를 포함한 후세의 사람들이 읽어 보면, 그런 연유로 꾸밈이 없는 황제인 동시에 철인이기도 했던 그의 내면을 엿볼 수가 있는 것이다.

* * *

이 단편적인 표현 형식은 마르쿠스 아우렐리우스만이 구사한 것이 아니다. 체계적으로 사상을 써 나가는 수단과 아울러, 대부분의 시대에 이런 짧은 단편들로 이루어진 글들이 남아 있다. 특히 프랑스에서는 모럴리스트들이 이 형식을 즐겨 사용했다. 사상의 표현 형식으로서, 이렇게 하지 않을 수 없는 이유가 있었던 모양이다.

그것은 인간이 생각하는 일들은 시간이 지나면 당연히 변화하게 마련이고, 어떤 한 인간이 생각하는 여러 갈래의 일들이 아귀가 들어맞듯이 깔끔하게 되어 나가는 것도 아니다. 이 모든 사람들은 으레 그들 자신의 내부에 모순을 가지고 있다. 이 모순을 훌륭하게 논술하며 멋지게 구성해 놓아 결함이 전혀 없을 정도의 체계를 세워 놓거나, 아니면 그때그때 신실이라고 여겨지는 것들을 단편적으로 토로해서 다른 단편과의 모순에 대해 신경을 쓰지 않게 하거나의 어느 하나다.

마르쿠스 아우렐리우스가 그런 생각을 한 끝에 메모에 의한 표현 형식을 선택한 것인지, 아니면 본의는 아니지만 분주하기 짝이 없는 황제의 직무에 휘둘리며 적지에서 잠시 틈을 내서 쓸 수밖에 없었기 때문에 이런 형식이 된 것인지는 알 수가 없다.

하지만 분명 그는 좀 더 차분한 사색의 시간을 원하고 있었다. 그러니 황제가 되어 그 자리를 자랑스럽게 여긴 일은 없었을 것 같지만, 혹시 철학적 사색을 위한 시간과 자유가 충분했더라면 그는 어떤 종류의 글을 남겨 놓았을까.

'황제라는 자리에 안주해 버리지 않도록, 그에 물들지 않도록 정신을 차리자'고 스스로를 경계하며, 자신의 의무를 훌륭하게 해내는 인간, 철학이 너를 만들어내고자 한 그대로의 인간으로 계속 처신하도록 노력해라, 하고 자신을 강하게 경계하고 있다. '너'란 것은 물론 아우렐리우스 자신이다.

* * *

『자성록』으로서 우리가 오늘날 읽을 수 있는 마르쿠스 아우렐리우스의 책은, 여기서 그의 철학상의 경향, 즉 스토아주의의 흐름을 보여 주기도 하고, 기타 학문상의 온갖 연구의 대상이 되어 준다. 하지만 그 안에서, 무엇보다도 그가 자신을 위해 써 놓은 글, 줄기차게 자신의 의무를 당당하게 해내는 인간이 되고자 한 그 노력의 기록으로도 볼 수도 있다.

『자성록』에 마르쿠스 자신의 의향이 어느 정도 들어 있는지 분명하지 않지만, 12권으로 나뉘어 있고, 그곳에 들어 있는 단편의 수는 모두 487개다.

자계자성(自戒自省)을 위한 상념이라고는 하지만, 때로는 지금까지 배워 온 철학 이야기, 읽은 책의 한 구절 등이 떠올라 이에 대한 감상을 토로한 대목도 있다. '모든 영혼은, 그 의지에 반해 진리를 박탈당하고 있다.' 이것은 플라톤의 말인데, 그리스의 스토아파 철학자 에픽테토스가 인용한 것을 떠올렸는지도 모른다. 정의와 절제와 선의(善意) 역시, 마찬가지로 진리를 박탈당하고 있다는 것을 생각해서, 모든 사람에게 따뜻한 태도를 취하자는 것이다.

인용된 문장의 출전 등에 대한 세세한 고증은 전문 연구자들에게 맡겨 놓기로 하고, 모든 서술들이 이 글을 쓰고 있는 자신을 향하고 있다는 점에서 이를 읽는 우리에게 어떤 거리

감을 준다고 생각할 수도 있다. 예를 들자면 다음과 같은 말
이 있다.

'자신의 내부를 보라. 그곳에야말로 선의 샘이 있는데, 그
샘은 네가 끊임없이 파 내려가기만 한다면, 쉼 없이 솟아나올
것이다.'

이 역시 그의 자성이요, 그 자신을 향해 하는 말이다. 우리
는 이를 읽으면서, 우리를 향해 한 말이 아니라는 데서, 냉정
히 그 뜻을 음미하기도 하고, 또한 의문을 품을 수도 있다. 이
것이 만약에 독자인 우리들에게 직접 이야기한 것이었더라면
그 반응은 좀 더 격한 것이 되었을 것이고, 때로는 이 책을 덮
어버리고 싶어질 때도 있을 것이다.

* * *

'처세술은 무용보다는 씨름과 비슷하다. 그것은 전혀 예기
치 않은 공격에 대해서도 준비를 해서, 끄떡없이 대비해야 하
기 때문이다.'

이 말 역시, 독자를 향해서 한 것이라고 생각한다면, 반대
의 의견이 반드시 나올 것이다. 더군다나 책을 통해서가 아니
라, 평소 별로 살갑지 않게 지내던 사람이 얼굴을 맞대고 이

런 말을 했다면, 그건 그래 하고 생각하기 이전에, '그런 비유를 쓸 것 없이 좀 더 솔직한 말을 하는 게 어떠냐'고 생각해 버릴지도 모른다.

그보다도 씨름처럼, 혹은 검술처럼, 상대방에 대해 긴장해서, 어느 방향에서 어떤 수를 써서 덤벼들어도 끄떡없다고 마음의 준비를 계속하고 있다가는 피곤해질 뿐, 사람들과의 사귐이 조금도 재미없게 된다. 때로는, 이라기보다는 가능하다면, 언제나 손을 마주잡는다든지, 발걸음을 가지런히 맞춘다든지 해서 함께 춤추듯이 지내는 편이 얼마나 즐거울지 모른다. 이런 생각이 떠오를 수도 있다.

이는 가정으로 한 예를 들어본 것일 뿐, 물론 나의 의견이 아니다. 여러 번 되풀이하게 되는데, 이는 마르쿠스 아우렐리우스가 문득 떠올린 혼잣말로 받아들이지 않으면 안 된다.

나는 내가 처한 환경 탓인지 어째서인지는 잘 알 수 없지만, 남을 대할 때 조심스럽게 처신하자고 되풀이해서 되뇌고 있었으므로, 『자성록』에 나오는 이 말뿐 아니라, 나의 미망(迷妄)을 지적해 주는 것 같은, 그리고 은연중에 어떤 방향을 제시해 주는 듯한 말을 많이 발견할 수 있었다.

살아 나가기 위해서는 씨름과 같이 온갖 수단을 구사하는 공격에 대한 충분한 조심은 필요하지만, 그렇다고 해서 성급하세 '나 이외의 사람을 모두 적으로 생각하면 틀림없다'는 결론에 도달해서는 안 된다는 이야기다.

이성을 가진 인간은 모두가 우주라는 나라의 동포다. '……나는 동포에 대해 노할 수도 미워할 수도 없다.' '서로 방해하는 일은 자연에 반하는 일이다.'

벌레의 묵시록

파브르의 『곤충기』

　'도회에서 나서 자란 인간은 풍부한 자연이 주위에 없기 때문에 자연에 대한 애착심이 우러나지 않는다'라는 말은 당치도 않은 의견이다. 그렇다면 산골의 농촌과 거친 바다에 면한 해변에서 자란 사람들 모두가 자연 애호자인가 하면 그런 것도 아니다. 오히려 반대의 경우가 많고, 도회에서 생활하는 사람이 자연 그 자체인 고장을 찾아가, 그 고장 사람에게 알지 못하는 초목의 이름을 물어보면, 그 이름을 모르는 경우도 많고, 그들의 생활과 직접 관계가 없는 것에 대해서는 아주 무관심한 데 대해 놀라는 일도 적지 않다. 환경은 인간의 생활과 사고에 많은 영향을 주는 것이 사실이지만, 그것은 주위의 여러 조건에 순응하면서 살아온 경우일 뿐, 어떤 사물에 대해 적극적인 자세를 계속 취하다 보면 환경의 영향은 물러가거나, 엷어지기도 한다.

* * *

어린 시절의 경험을 떠올려보면, 물체의 크기와 장소의 넓이가 실제의 2배, 3배로 기억되고 있음을 알게 된다. 그래서 내가 살던 집의 뜰도, 떠올려 보면 상당히 넓었던 것 같지만, 실제로는 그 반 이하였을 것이 틀림없다.

그 집에는, 도회 중심부에 가까우면서도, 온갖 벌레들이 있었다. 물론 어린이의 욕심 없는 눈으로 수목의 뿌리께라든지, 썩어 가는 고목이라든지, 정원수 숲, 때로는 사용하지 않은 채 방치되어 있는 화분을 들어올려 보기도 해서 벌레를 발견하곤 했다. 물론 그 무렵에는 그런 벌레의 이름 따위는 알지 못했으므로 그 이름을 멋대로 붙이곤 했지만, 70년 가까이 지난 오늘날에도 그 모습과 움직임 등을 확실하게 기억하고 있으며, 현재 사용되고 있는 이름과 그것을 틀리는 일 없이 결합시킬 수가 있다.

그렇다고 내가 곤충을 좋아하는 소년이었던 것은 아니다.

성장함에 따라 여러 기회에 벌레와의 관계, 라기보다는 자연 전체와의 관계가 점차로 깊어져 갔을 것으로 생각하지만, 동식물 중에서 어떤 특별한 현상에 흥미를 느끼고 이에 열중한 일은 없었다.

전쟁 말기, 즉 1945년에 집이 불타고, 연구하던 책과 노트류가 없어지고, 이를 다시 얻는 일은 매우 곤란했기 때문에, 이것이 또 간접적으로 자연에 눈을 돌리게 만들었을 것으로 생각된다.

이런 이야기를 상세하게 쓰기 시작했다가는 끝이 없지만, 곤충뿐 아니라 식물, 조류, 천문, 기상, 온갖 자연 형상의 하나하나에 관심이 쏠리기 시작하면서 이들을 살펴보곤 했는데, 이에 관련된 공부를 하기 위해서는 아무리 시간을 써도 모자랐다. 파브르의 『곤충기』를 꼼꼼하게 다시 읽은 것도 그 무렵이었다.

* * *

『곤충기』를 처음으로 읽은 것은 분명 고등학교 시설이었는데, 곤충에 대해 그다지 강한 관심을 갖고 있지 않았던 터라, 그 읽는 방식은 매우 허술했다. 말하자면 읽어 두어야 할 책,

화제에 곧잘 오르곤 하는 책을 아직 읽지 못했다는 것은 매우 속상하다는 이유로 읽었을 것이 틀림없다.

이처럼 마지못해 하는 독서처럼 무의미하고 따분한 것은 없다. 하긴 그렇게 읽은 책에서 예기치 못한 큰 수확을 거두는 일도 있으므로, 흥미가 없는 책은 보지 않는 편이 현명하다고 단언할 수는 없다.

그런데 다시 읽어 보니, 이는 역시 훌륭한 명저였다. 어린이를 위한 파브르의『곤충기』는 삽화까지 곁들여서 많은 책이 나와 있지만, 이런 그림책만 가지고 파브르를 통과해 버린다는 것은 참으로 아까운 일이다.『곤충기』에 등장하는 곤충 모두를 우리는 실제로 볼 수는 없다. 일본에 살고 있지 않은 곤충도 수두룩하다. 자신이 알고 있는 곤충, 적어도 알고 있다고 생각하고 있는 곤충에 대한 관찰이 극명하게 기록되어 있다면, 마음이 끌리는 것은 당연한 일이다. 하지만 대부분의 사람들은 이 관찰의 기록을 읽어 나가다 보면, 똑같은 인간이 어찌 이처럼 예리한 눈을 가질 수 있을까 생각하게 된다. 그 끈기와 호기심에 대해서도 감탄하게 마련이다.

그리고 자신이 알고 있다고 생각하고 있던 것은 그야말로 형편없는 단편적인 지식에 지나지 않다는 것을 깨닫게 된다. 하지만 이처럼 깨끗이 손을 들게 되면서도, 당장에 파브르를 떠나『곤충기』를 닫아 버리게 되지는 않는다. 그의 끈기와 호기심에 놀라면서도, 그처럼 그가 밝혀 놓은 것이 너무나 흥미로워 그것을 잊을 수가 없을 뿐 아니라, 다음에는 어떤 관찰을 할 것인가 하고 페이지를 들추는 손길을 멈출 수가 없는 거다.

* * *

4천 페이지라고 하지만, 이와나미(岩波)문고로 모두 20권, 여기에 빼곡하게 들어 있는 귀한 기록에서 하나를 뽑아내어 소개한다는 일은 매우 곤란하다. 어째서냐 하면, 기술되어 있는 파브르의 문장의 깊이는 어느 한 부분을 생략해 놓아도 허물어져 버리기 때문이다. 하지만 이를 과감히 시도해 보기로 하자.

귀뚜라미의 산란. 4, 5월경에 흙을 담은 화분에 한 쌍의 귀뚜라미를 넣어, 상추 잎을 한 장, 이것을 때때로 새것으로 갈아 준다. 도망가지 못하게 유리판을 얹어 둔다. 그것으로 오케이다. 6월 초순에 산란이 시작된다. 귀뚜라미는 산란 바늘을 지면에 꽂는다. 오래 있다가 그 바늘을 빼고 잠시 쉬고 나서 산책을 하고 다시 똑같은 동작을 시작, 산란이 모두 끝날 때까지 24시간 걸린다.

이 화분의 흙을 파 보면, 깊이 2센티미터쯤에 3밀리미터가량의 연갈색 알이 수직으로 늘어서 있다. 이 수를 돋보기로 세는 일은 매우 어려운 일이지만, 한 어미 귀뚜라미가 낳는 알의 수는 500내지 600개이다.

그 알의 얼개인데, 부화하고 나면 불투명한 흰 그릇이 된다. 그 꼭대기에 반듯하게 생긴 둥그런 구멍이 있고, 가장자리에 공 모양의 모자가 달려 있어 뚜껑 역할을 한다. 알은 가장 저항이 적은 선을 따라 저절로 열리게 되어 있다.

이를 좀 더 자세히 관찰하면, 산란 후 2주쯤 지나, 둥글고 다갈색인 큰 점이 보이고, 그 조금 위의 원통 끝에 고리 같은 것이 도톰하게 나온다. 이것이 갈라진 틈의 선이다. 이 무렵의 알은 투명하므로, 귀뚜라미 아기의 몸을 알아볼 수 있다.

더할 나위 없는 미묘한 움직임으로, 아기의 이마로 밀어 올리면, 준비된 도톰한 부분을 따라 뚜껑이 옆으로 열린다. '귀뚜라미는 도깨비상자의 도깨비처럼 나온다.'

이러한 관찰이 그 뒤로 줄줄이, 그러면서도 매우 흥미롭게 계속되어, 10쌍의 부모에게서 5~6천 마리의 아기가 태어난다. '이들이 만약에 모두 잘 자라난다면, 내년에는 우리 집 문 앞에서 어떤 음악회가 열릴까.'

하지만, 그렇게 되지는 않는다. 참으로 참담한 솎아내기, 즉 살육이 벌어진다. 귀뚜라미의 아기를 죽여서 먹는 것은 도마뱀과 개미다. 개미는 귀뚜라미의 배에 구멍을 내고 우적우적 먹는다.

그럼에도 불구하고, 박물학자들은 개미를 매우 존경하고 그 평판을 높여 주고 있다. 매미와 개미의 우화는 이솝에서 라퐁텐에게로 전해졌는데, 그들이 하는 말은 조금도 사리에 맞지 않는다. 파브르는 참을 수 없어서, 호통 치듯이 이렇게 기록하고 있다. '동물 사회에서도 인간 세계처럼 유명해질 만한 이야기를 만들어내기 위한 가장 확실한 수단은 주위의 것에 상처 주는 일인 모양이다.'

* * *

『곤충기』의 분량은 아닌 게 아니라 방대하다. 이를 세세하게 읽어내고 나면, 정복의 기쁨 비슷한 것을 느끼게 될지도 모른다. 그것은 줄거리가 있는 장편소설하고는 다르다. 그래서 도중에 진력이 날 것이 아닌가 하고 불안을 느끼는 사람이 있다 해도 무리는 아니다.

하지만 이 불안은 아마 다행스럽게도 불식되고 말 것이다.

그것은 곤충의 본능과 습성, 생태가 너무나 우리 인간의 경우와 비슷하기 때문이다. 파브르 자신도 종종 이에 대해 소리치게 된다. 그 외침은 지극히 자연스럽고, 그의 인간성이 부지불식간에 내뱉는 탄식이다.

하지만 우리가 오해해서는 안 될 것은 이것이다. 우리는 좀 성급하게 이것을 놓고 마치 파브르의 결론이요 목적하는 바라고 생각해서는 안 된다. 그의 목적은 사물을 볼 수 있는 한껏 관찰을 계속하는 일이며, 관찰을 계속하면 계속할수록 고개를 드는 의문에 대해 다시 관찰함으로써, 하나라도 더 많이 해결해 가는 데에 있다. 추리와 판단을 함부로 덧붙이는 짓은 하지 않는다.

『곤충기』를 읽어 나가면, 그가 악착같이 벌레의 세계에 들어가고자 하는 태도가 충분히 느껴진다. 관찰하기 위해서는 벌레의 행동을 방해하기도 한다. 놀라게 하기도 하고, 낙담하게 만드는 일도 때로는 해야 한다. 죽음을 당하는 모습을 눈앞에서 보면서, 이를 함부로 구해 주는 짓을 하지 않는 냉정한 인내도 필요하다.

하지만 파브르는, 인간의 눈 위치로 벌레를 가져오지 않았다는 점을 간과해서는 안 된다. 이를 충분히 이해하기 위해서는 시튼의 『동물기』를 아울러 읽으며 비교하는 것이 좋다. 시튼의 『동물기』도 물론 재미있게 쓰여 있다. 하지만 시튼은 결국 인간의 세계를 그리고 싶어했다.

인간이면서도 곤충의 세계로 들어가는 일이 얼마나 곤란한지를 알게 된 시점에서, 도대체 파브르는 어떤 인물이고 어떤 생애를 보냈을까 궁금해진다면, 그의 제자라고 해도 좋은 르구로 박사가 1914년에 저술한 전기 『파브르의 생애』를 읽는 것이 좋다. 파브르의 철학자, 예술가, 시인의 얼굴, 그것이 융합된 곳에서 우러난 독창성을 르구로는 자료를 일그러뜨리는 일 없이 멋지게 써 놓고 있다. 물론 『곤충기』만 가지고는 얻을 수 없는 파브르의 일화 같은 것도 제대로 쓰여 있다.

나는 이 르구로의 파브르 전기를 읽을 때마다 『곤충기』를 또 읽고 싶어지고, 곤충의 세계로 안내해 주기를 원하게 된다.

고아와 더불어

루소의 『에밀』

　루소의 이름을 누구에게서 들었고, 그때 자신에게 그 이름에서 어떤 정신 상태가 형성되었는지도 기억하고 있다. 루소가 어떤 사상을 가졌고, 어떤 책을 썼으며, 그곳에서 어떤 표현을 했던가, 그런 종류의 설명이 더해진 것은 아니다.

　하지만 소년 시절의 나에게, 그 사람은 장 자크 루소라는 사람이 있었다고 말하고 나서, 그 루소는 자신이 생각하고 있는 바를 솔직하게 써서 책으로 만들어 냈는데, 발매되자마자 책은 불태워지고, 저자도 체포될 뻔해서 국경을 넘어 도망했다는 말을 덧붙였다.

　나는 그때까지 이미 위험함 사상을 품고 있는 인물이 추방

당하기도 하고, 처형당하기도 한 이야기를 들은 바가 있었다. 그리고 후세에 그들 중 많은 인물이 위대한 인물로서 존경을 받게 되었다는 것도 배운 일이 있었다. 그런데, 이 장 자크 루소는 어떨까.

당시 위험시되었던 그 책은 이제 여러 나라에서 번역되어 널리 읽히고 있다. 그러나 나에게 이름뿐 아니라 그러한 생애의 아주 일부를 가르쳐 준 사람의 표정과 말투에서 받아들인 느낌은, 뭐랄까 그 사상에 대해 경계도 필요하다는 분위기였다.

나는 주위에 있는 친절한 어른 중에서 누군가를 선택해 루소 이야기를 좀 더 상세하게 듣고 싶었지만, 만족스러운 답변을 해줄 것 같지 않아 결국 미적거리고 있었다. 나만이 몰래 사용할 수 있고 읽기만 하면 알 수 있도록 기록되어 있는 백과사전류가 있기만 하면, 이것을 이용해 루소에 대한 나의 지식이 좀 더 정리되었을지도 모른다. 곧 루소의 책을 읽을 수 있는 때가 올 것이다 이렇게 생각하면서 일단 체념할 수밖에 없었다.

* * *

계속해서 루소의 저작을 내가 어떻게 읽어 왔는지를 이야기할 생각은 없다. 왜냐하면, 어떤 한 시기에 루소의 저작을 공들여 살펴보았다든지, 혹은 루소를 오랫동안 특별히 연구하고 있는 사람의 강의를 듣고 나서 루소에 대한 나의 생각이 일변했다든지 하는, 이런 일이라도 있었다면 이를 써 놓는 일에도 약간의 의미가 있을지 모른다.

하지만 어느 것이 먼저였는지, 『고백』(『참회록』이라는 번역서 이름이 오래도록 통용되고 있었다)을 읽고, 장편 소설 『신(新) 엘로이즈』를 읽은 여름방학이 있었고, 필요에 따라 『인간 불평등 기원론』, 『사회 계약론』을 읽고, 정치보다도 강한 힘을 지닌 학문과 예술은 '사람들이 묶여 있는 쇠사슬에 꽃 장식을 단다'는 『학문예술론』을 위한 메모를 써 놓은 기억이 있다.

좀 더 덧붙여 본다면, 그것은 『고독한 산책자의 몽상』을 다시 읽어 본 다음의 일인데, 『식물에 대한 편지』를 번역하기 시작하면서, 이를 위한 메모가 내 서가의 전집 중 하나에 남겨져 있다.

그때 느낀 일인데, 루소를 간단한 말로 표현한다면 지식욕이 왕성한 사람이다. 그 무렵 나 자신도 식물에 대해 공부 비슷한 걸 하고 있었으므로, 용어에 관해서는 별 어려움 없이 이해할 수 있었고, 그것이 쓰인 1770년경 이후 식물학도 진보를 거듭하고 있었던지라, 의문을 품게 만드는 대목도 있구나 하고 깨달은 일도 있었다.

하지만 식물을 관찰하는 루소의 열의에 관해서 종종 놀라게 되는 대목이 있었다. 그리고 이는 단순히 식물학에 국한된 일이 아니라, 음악에 대해서든, 어떤 일에든, 루소의 성격이라고나 해야 할 집요함이 있었다.

* * *

이런 사실은 루소의 교육에 관한 상당한 양의 에세이『에밀』을 다시 읽었을 때 이를 이해하기 위한 실마리가 되기도 했으므로, 굳이 여기에 먼저 쓰기로 했다.

교육에 관여하고 있는 분이라면, 교육론의 고전으로서『에밀』은 당연히 읽어 보았을 것으로 생각한다. 그것은 양이 많기는 하지만, 이해하기 어려운 문체로 쓰인 것이 아닌 만큼, 일반 사람들에게도 불쾌한 독후감이 남을 만한 것은 아니다. 다만 루소의, 여기서 서술하고 있는 사고방식에 찬성이냐 반대냐 하는 것에 관한 한 의견은 가지각색일 것이다.

하지만 책을 읽으면 으레 독후의 감상을 가지게 될 것이라면서, 어렸을 때부터 학교에서 감상문을 제출해야 할 처지에 처해 있었던 사람이라면, 혹 감상문 때문에 책을 읽게 되는 버릇이 들게 되지나 않을까.

예컨대 이 『에밀』만 해도, '또는 교육에 대하여'라는 부제가 딸려 있기 때문에, 교육론으로서 읽어야겠다는 기분이 마지막까지 남아 있게 될 우려가 있다.

어쩌면 그보다도, 이것이 교육론인가 하고 생각하는 사람이 많을지도 모른다. 루소는 자신이 쓰는 이 책이 필연적으로 공격받을 것을 알고 있었으므로, 서문에서도 분명하게 언급하고 있다. 루소는 '자유의 발걸음'이라는 생각을 진작부터 가지고 있었고, 이에 의해 아동의 교육이라는 것을 생각하게 될 때에는 이처럼 되고 만다. 그것이 아마도 독자를 놀라게 함과 동시에, 공격을 위한 좋은 표적이 될 것임을 예고하고 있다.

실제로 1762년에 『에밀』이 출판되자, 파리 고등법원은 이를 금서(禁書), 분서(焚書)로 결정했고, 저자에 대해서도 체포령을 내놓는 등 대소동이 벌어졌다. 이 바람에 그는 조국 스위스로 피신했지만, 주네브 의회가 그를 유죄라고 선고했기 때문에, 그 후 약 8년 동안 방랑 생활을 하지 않을 수 없는 신세가 되었다.

루소는 사람들에게서, 단순히 공상과 몽상 같은 생각을 그려 보일 것이 아니라, 실행할 수 있는 제안을 내놓는 것이 아니라면 의미가 없다는 말을 듣고 있었다. 하지만 이 요구는 실제로 모두가 이미 실행하고 있는 것을 제안하라는 이야기가 되고 만다. '적어도 현존하는 악과 양립할 만한 선을 보이라'는 것이라고 미리 대답을 내 놓고, 절충주의로는 선을 왜곡할 뿐 악을 개선하지 못한다고 했다. 이 서문에 쓰여 있는 대목들을 때때로 떠올리면서 『에밀』을 읽지 않으면 안 된다.

* * *

가공의 어린이 에밀은 고아다. 하지만 군이 고아일 필요는 없다. 오직 하나의 조건은 그 어린이의 부모를 대신할 저자 루소의 말만 들어야 한다는 것이다.

이 두 사람은 언제나 공통의 목적을 가지고 있는 교사와 학생이며, 언젠가 그들은 따로 떨어질 시기가 온다고 생각해서는 안 된다. 이별을 생각해 가면서, 참된 애착을 가지고 지낸다는 것은 무리다.

갓 태어난 영아 때부터, 에밀의 배우자 소피가 나타날 때까지의 온갖 문제가 5부로 나뉘어 서술된다. 여기서 다루는 문제를 열거하기란 무리지만, 각 독자들은 자신이 부모와 학교 교사에게서 받은 교육, 혹은 자신이 경험한 것을 떠올리게 될 터이므로 차분하게 읽고 상기하면서 함께 생각하는 분위기로 빠져 들어간다. 특별한 문제, 예컨대 종교 문제 등에 대해서는 약간 거리를 두고 생각해 보기도 하고 비판을 시도해 보기도 할 수 있겠지만, 어느 사이엔지 어느 한쪽 입장에 서서 그곳에서 다루어지고 있는 일들에 대해 생각하게 된다.

'나는 책을 증오한다. 책은 모르는 일에 대해 이야기하기만을 가르친다.' 이는 두 사람이(라기보다는 에밀이) 숲 속에서 길을 잃고 헤매며, 방향을 모르게 되었을 때 어찌하면 좋은가 하는 대화로 이어진다.

에밀이 읽어야 할 한 권의 책이 있다. 그리고 그 책은 오랫동안 그의 유일한 장서가 된다. 대니얼 디포의 『로빈슨 크루소』가 바로 그 책이다. 순간, 이를 의외로 생각하는 사람이 있을지 모르지만, 이어서 '과연 그래' 하고 생각할 것이다. 그곳에는 루소의 설명이 있는데, 이 책을 에밀에게 주기 위해 선택한 것이, 그가 의도하고 있는 점을 선명하게 보여준 것으로 여겨지는 것이다.

* * *

'우리는 두 번 태어난다. 한 번은 생존하기 위해, 두 번째는 살아나가기 위해.' 이 말로 시작되는 제4부는 『에밀』의 중심 부분이어서 분량 또한 특별히 많다. 여기서는 자연적으로 발생하는 도덕의 싹을 이성 쪽에 두지 않고, 감성의 풍부한 개화(開花)에서 발견한다. 자기애, 남을 사랑하는 감정, 그리고 연민으로 향해 나간다.

루소는 자연 속에서 자라는 인간, 사회의 해로운 영향을 배제해 가면서 15세까지의 소년기의 에밀을 지켜보아 왔지만, 위험이 많이 도사린 사회와의 접촉 없이 끝낼 수는 없다.

우선 나를 보존하기 위해, 자기 자신을 사랑한다. 그리고 이 감정의 결과, 혹은 필요에서, 자신을 지켜 주는 사람을 사랑한다. 이는 기계적이기도 하고, 맹목적인 본능이다. 인간은 자신에게 안락을 주는 자에게 끌리고, 해를 가하려는 자에게는 반발한다. 이처럼 본능에서부터 감정으로 깨어 나가는 일을 다루어 가는 『에밀』의 이 부분은 가장 흥미를 끄는 장면이다.

그것은 그가 태어나기 이전 시대부터 시작된 인간의 내면 연구로 이어지는 것이라 생각할 수도 있고, 물론 루소 자신의 독자적인 인간 연구로 생각할 수도 있다. 그러나 우리들에게 소중한 것은, 많은 고전이 그렇듯, 그 시대에서 끝나는 것이 아니라 시대를 초월해서 널리 지상에서 살아 나가는 사람들의 마음에 움터 나오게 하는 것을 깊이 있게 간직하고 있다는 점이다.

* * *

미묘한 문학적 표현 때문에, 창조된 몽상이라는 것으로 단순하게 이해하고 납득하는 것으로 기울게 되면, 루소를 그가 처해 있던 시대로 가두어 버리는 꼴이 될 수도 있다. 사람은 늘 끊임없이 새로운 문제에 직면한다. 그 새로운 문제를 잘 해결하기 위해서는 무언가 특별하고 새로운 지혜가 필요할 것으로 생각하기 쉽지만, 인간의 본질에 대해서는 어째서인지 스스로 눈을 가리고 있는 경우가 많다. 당장에 효과적인 수단을 조급하게 생각해 내려다가는 실패를 거듭한다. 무엇을 위해서라는 유용성을 생각하기보다는, 먼저 조금이라도 현명해져야 할 것이다.

나태한 분주

세네카의 『도덕론집』

고대 로마의 역사가 타키투스의 『연대기』는 아우구스투스의 죽음에서 네로의 죽음까지의 약 반세기 남짓 동안의 로마 황제들 이야기다. 그 끝 부분에 세네카의 죽음의 장면을 묘사한 곳이 있다.

세네카는 죽음을 피할 수 없다는 말을 고하러 온 대장(隊長) 중 하나에게, 이미 써 놓은 유언에 뭔가 덧붙이기를 원했다가 이것이 거절되자 친구들에게 이렇게 말했다. 이제 자네들에게 감사의 뜻을 써 놓으려 했었는데, 이를 금지당하고 말았다. 부득이 가장 고귀한 소유물, 즉 내가 이 세상을 살아간 모습을 남기겠다. 이를 기억에 남겨둘 수 있다면, 우정의 보수로서 덕의 명성을 얻게 될 것이다.

눈물을 흘리는 친구들에게 마음을 단단히 가지라며 다음과 같이 말했다. '영지(英知)의 가르침은 어디로 갔는가. 재난에 대비해서 오래도록 생각하고 있던 철리(哲理)는 어찌되었는가. 잔학한 네로는 자신의 어미를 죽이고, 아우를 죽이고, 결국에는 그의 교사이기도 했던 이 나를 죽이는 일 말고는 아무것도 남은 것이 없다.'

그리고 아내인 파울리나에게, 덕으로 일관한 남편의 생애를 떠올리며, 슬픔을 견뎌내기 바란다고 했다. 그러자 파울리나는 자신도 죽을 각오를 하고 있다고 말한다. 세네카도 이를 말리려 하지 않고, 위로의 인생보다는 죽음의 명예를 선택한 데 만족하고서, 두 사람은 함께 팔을 칼로 찔러 혈관을 잘랐다. 그러고도 죽지 않자 세네카는 독을 마시고, 뜨거운 욕조에 들어가 열기로 숨이 끊어졌다고 기록되어 있다.

* * *

이런 최후를 맞이한 세네카Lucius Annaeus Seneca(기원전 4년경 ~65)의 생애를 간단히 적어 본다. 스페인 코르도바의 기사(騎士) 집안에서 태어난 로마 시민. 아버지가 소년 세네카를 로마로 데리고 가서, 수사학과 철학 공부를 하게 했다. 우울증에 걸려 몇 년 동안 이집트에 은거하고 있다가, 로마로 돌아가 정치가로서의 지위를 차곡차곡 얻었다. 명성이 높아지자 별의별 음모에 말려들기도 해 죄도 없이 코르시카 섬으로 추방되었는데, 그 기회에 철학, 자연 관찰, 집필에 힘썼다. 8년간의 유형 뒤에, 12세가 된 네로의 교육을 담당했다. 그를 유배지에서 다시 불러들인 것은 네로의 어머니 아그리피나였다. 클라우디우스 황제는 네로를 황제 자리에 올리고 싶었던 아그리피나의 손에 의해 독살되었다. 세네카도 클라우디우스 황제를 조소하면서 그가 죽은 다음 (신이 되기는커녕) 『호박이 된 황제』를 썼다.

네로는 점차로 폭군의 면모를 드러내 어머니를 독살할 계획을 세웠는데 한 번은 실패했지만, 결국은 죽인다. 세네카는 그 무렵부터 은퇴해서 철학 연구와 저술을 하며 지내고 있었는데, 네로에 대한 반역에 가담했다는 의심을 받아 네로에게 자살하라는 명을 받았다.

정치가로서의 세네카에 대해서는 따로 세세한 점을 살펴나가야겠지만, 한편으로는 상당한 재산을 가졌고 유복한 생활을 했다는 것을 생각해 볼 때 철학자로서의 세네카를 어찌 생각하고 자리매김해야 할 것인지, 이는 누구나가 의문을 품게 되는 점이다.

* * *

여기서 만약에 철학의 역사를 복습해 보기로 했다가는 독자들을 따분하게 만들 것이라는 점을 잘 알고 있다.

하지만 1세기, 2세기의 사상의 흐름을 관조하면서, 비교적 이른 시점부터 일본에 소개되어, 그들의 저서가 번역되어 출간되는 바람에 우리 귀에 익숙해진 것은 이 세네카와 에픽테토스, 그리고 마르쿠스 아우렐리우스다. 에픽테토스(55~135년경)는 노예 신분에서 해방된 철학자로서 저서는 없지만, 제자가 펜으로 쓴 『어록』이 많이 읽히고 있다. 마르쿠스 아우렐리우스는 로마 황제로서 『자성록』이 있다.

이 세 명은 모두 스토아학파의 철학자다.

이제 세네카의 저서를 살펴보면, 상당히 그 폭이 넓다. 『도덕 서간』(124통), 『도덕론집』(12편), 10편의 비극, 대기 중의 불, 번개와 천둥, 육지의 물, 나일 강, 우박과 눈, 바람, 지진, 혜성을 다룬 『자연 연구』 등이다. 『도덕 서간』은 연하의 벗 루키리우스에게 쓴 것으로서 철학, 윤리, 문학, 사회 등 다양한 문제가 다루어지고 있다. 『도덕론집』의 12편은, '마르키아에게, 위로에 대해', '폴리피우스에게, 위로에 대해', '헬비아에게, 위로에 대해', '분노에 대해', '인생의 짧음에 대해', '현자의 부동심에 대해', '마음의 평정에 대해', '여가에 대해', '관용에 대해', '행복한 인생에 대해', '선행에 대해', '신의 뜻에 대해'이다.

이 표제들을 보면 알 수 있듯이, 비교적 일반에게 받아들여지기 쉬울 것 같은 인생의 여러 문제들이어서, 근대의 모럴리스트들도 곧잘 다루는 문제다.

이번에는 『도덕론집』 가운데 '인생의 짧음에 대해'를 다시 읽으면서, 여기서 서술되고 있는 사항들을 우리의 문제로서 생각해 보려 한다. 세네카에게는 자신의 사상을 체계적으로 논한 것은 없고, 그러한 말 많은 철학을 좋아하지 않았다. 철학이란, 말을 많이 하는 것이 아니라 행함을 가르치는 것, 즉 처세의 학문이라는 게 그의 생각이었다.

* * *

우리는 누군가를 소개한다든지, 소개를 받는다든지 할 때면, 이름과 더불어 그 사람의 직업을 으레 곁들인다. 관청, 회사, 혹은 학생이라면 그 학교 이름을 곁들인다. 이를 곁들이지 않아 가지고는 소개랄 것도 없다. 사람은 남을 언제나 무엇인가를 하는 사람으로 보고 있다. 따라서 직함에 따라서 그 인간은 평가받게 마련이고, 학생이라면 학교 이름에 의해 지적 능력이 결정되고 만다.

어버이는 자녀의 교육과 그 뒷받침을 하는 경우, 세상에서 평판이 좋은 학교에 보내려 하고, 또 학교를 졸업할 때에도 그렇고, 자녀가 사회에 나가 명함을 내놓을 때 적어도 열등감을 느끼지 않을 정도의 회사나 관청에 들어가기를 원한다.

이처럼 사람들은 스스로 자신을 버리고 '직함의 인간'으로 변해 간다. 그리고 자신을 버림과 동시에 자유를 포기해 버린다.

사람은 종종, 해야 할 일이 너무나 많은지라 자유로워지기를 바란다. 하지만 조금만 생각해 보면 그 분주함의 대부분은 목적이 있으므로, 결국은 스스로가 바란 분주함이다. 우리는 바쁘게 일하는 양상, 혹은 활동한 결과를 필요한 사람에게 보여주기를 은근히 바라고 있다. 그래서 '바쁘신 것 같군요'라는 말은 찬사이며, 때로는 선망을 곁들인 말이어서, 이런 말을 들은 사람은 기쁨을 감추지 못한다.

* * *

하지만, 이런 분주함이란 어떤 것일까. 그 내용을 살펴보면 공허한 일들로 가득 차 있다. 인생은 아주 짧은 찰나이고, '그 밖의 시간은 모두 인생이 아니라 시간에 지나지 않는다'.

고령의 노인에게 지금까지의 생애를 총결산하게 하는 대목이 있다. 어느 정도의 시간을 채권자, 애인, 윗사람, 아랫사람에게 빼앗겼던가. 이 말고도 부부싸움, 노예의 처형, 공공을 위한 일, 질병, 사용하지 않은 채 내동댕이친 시간도 여기에 덧붙인다. 이렇게 회상하고 보면, 기원 1세기 무렵의 인간과 20세기의 인간의 분주함의 내용은 약간 다르겠지만, '무익한 슬픔과, 어리석은 기쁨과, 끝 모르는 욕망과, 아첨이 곁들여진 사귐'이라는 눈으로 보면 똑같은 것이다.

* * *

나는 일정한 직장에 다니는 근로자도 아니고, 지난날의 근무 경험이라는 것도 규칙적인 것이 아니었으므로 자신이 경험한 기분에 대해서는 무어라 할 처지가 아니지만, 정년이 다가오고 퇴직 후의 일을 생각하고 있는 사람들의 이야기를 들을 기회는 많이 있었다.

30년, 40년의 근무 습관으로부터 지금까지 경험하지 않은 생활로 전환하기가 불안해서, 그리고 그보다도 별 뾰족한 명안이 떠올라 주지 않은 채로, 장소를 바꾸어 지금까지와 비슷한 근무를 하고 싶다며, 이를 위해 동분서주하는 사람이 있다. 그러는 한편으로, 그 비율은 어떤지 모르지만, 정년 후에는 한가로운 생활로 물러앉아서 오래도록 해보고 싶었던 일을 시작하려는 사람도 있다.

이에 대해, 딱 들어맞는 세네카의 말이 있다. '그대는 오래 산다는 보증이라도 받아 놓고 있나. 그대의 계획대로 일이 진전되도록 누가 허용해 주나. 인생의 나머지를 자기 자신에게 남겨놓고, 아무짝에도 소용이 없는 시간만을 착한 영혼을 위해 쓴다는 것을 부끄럽게 생각하지 않는가. 살기를 그만둘 막바지에 들어서서야, 살기를 시작하려 한다면, 때는 이미 늦는 것이 아닐까. 유익한 계획을 50세, 60세까지 미뤄 놓았다가, 얼마 안 되는 사람만이 누릴 수 있는 나이가 되어, 비로소 인생을 시작하려는 것은 그야말로 인간의 가능성을 망각한 어리석은 일이 아닌가.'

* * *

그렇다면 자투리 시간이란 어떤 생활을 가리키는 말인가.

설혹 자신이 하던 일에서 은퇴를 했더라도, 매일 골동품을 닦고 배열을 바꾸는 사람, '투기장에서 젊은이들이 벌이는 승부를 구경하는 사람', 이것은 자투리 시간이 아니라 '나태한 분주함'이다. 이발소에서 오랜 시간을 허비해 가며 머릿결에 대해 끝도 없이 신경을 쓰는 사람, 이는 '빗과 거울에 끼여서 사는 분주한 사람'이다. 혹은, '장기라든지 구기라든지, 혹은 일광욕을 한다거나, 이런 일에 열중하느라 인생을 낭비하는 사람도 있다'.

참으로 여유가 있는 사람, 진정으로 살고 있다고 말할 수 있는 것은 '영지(英知)에 전념하는 자뿐'이다. 이 사람들은 뛰어난 현자들과 공유하는 일에 몰입한다. 그곳에는 무한한 신비가 가득한 온갖 문제들이 있다. '덕의 애호와 실천이고, 정욕의 망각이며, 생과 사의 인식이고, 깊은 안정의 생활이다.' 그것은 '사람이 쟁탈을 되풀이하고 있는 동안은, 그리고 서로 평온을 깨고 있는 동안은, 그리고 서로가 서로를 불행하게 만들고 있는 동안은, 인생에는 아무런 열매도 없고, 즐거움도 없고, 마음의 진보란 아예 없다'.

이상향

토머스 모어의 『유토피아』

2차 대전이 시작되고 보니 외국에서 책이 수입되지 않게 되고, 국내에서의 출판물 역시 온갖 제약을 받아, 읽고 싶은 책이 거의 출판되지 않게 되었다. 생활을 계속하기 위해서는 식량 확보가 제일이었고 전의(戰意)를 드높여 주지 않는 책 따위는 무용지물로 여기게 되었다.

그런 가운데서 자신이 결정한 공부를 조금씩이라도 계속하려던 사람들로서는 이것이 대단한 타격이며 불편한 일이었지만, 자신이 조사하고 있는 일들의 범위를 조금씩 넓혀 가면서 보니 모든 것이 다 엄하게 금지되어 버린 것은 아니고, 고서를 파는 가게도 있어, 여기서 뜻밖의 책을 발견하기도 했고,

그런 책에서 귀중한 것을 배운 일도 있었다.

내가 조사하고 있었던 것과 직접적인 관계는 없었지만, 유토피아에 관한 고전을 꽤 열심히 읽고 있었다. 전쟁이라는 지긋지긋한 소용돌이에 본의 아니게 말려들어 그날그날을 힘겹게 지낸다거나, 아니면 상부의 힘에 순종한다는 요령 있는 길로 접어드는 경우는 접어 두고, 현실을 가능한 한 정확하게 보고 잘못 보는 일이 없도록 애쓰는 자로서는 그 너무나도 비참한 현실을 보면서 그 현실을 뒤집어 버린 듯한 꿈을 떠올리게 된다.

하루바삐 전쟁이 끝나 주었으면 하고 기원과 기도에 전념한 사람도 있었을 것이고, 그런 와중에 온갖 다양한 꿈이 잉태되는 일도 있었을 것이다.

* * *

내가 그 당시, 유토피아 이야기를 읽은 일에 대해, 이 이상의 이유를 달고 싶지는 않다. 하지만 토머스 모어나 윌리엄 모리스의 『어디에도 없는 마을로부터의 소식News from Nowhere』과 캄파넬라의 『태양의 도시』 등을 읽으면서, 내가 구상해 낸 유토피아에 상당히 열중해서, '네카 비오스코마이

섬' 같은 이름까지 붙여 가며, 그 섬의 이상적 생활에 대한 메모를 만들어 가고 있었다.

이제 이 책에서는, 당시 읽어 본 유토피아에 관한 작품 중에서 어느 것을 고를까 하고 망설인 끝에, 유토피아라는 말을 책의 이름으로 삼은 토머스 모어를 골랐다.

토머스 모어Thomas More(Morus)(1478~1535)는 런던에서 태어났다. 자비심 많고 청렴하며, 기지 넘치는 아버지의 성격은 토머스에게도 이어졌다. 어린 시절 캔터베리의 대주교 겸 영국 대법관의 가정으로 옮겨져 다양한 인물들과 접촉하며 옥스퍼드에 입학했는데, 이곳에서의 지적 성장은 대단한 것이었다. 당시에는 문예부흥과 종교개혁에 이어지는 운동이 있었다는 것을 상기해야 한다. 아버지의 희망에 따라 법률 공부를 하기는 했지만, 문예 연구를 포기한 것은 아니었다.

모어의 생애에서 잊어서는 안 될 것은 에라스무스와의 만남인데, 이 관계는 평생 이어졌다. 이 말은, 그 후 모어는 런던의 사정관보(司正官補), 치안판사, 하원의원으로 선출되어 결국에는 대법관까지 되어 정치가로서도 충분히 활약하고 있었지만, 그러는 한편으로 휴머니스트이기를 결코 잊지 않았다는 이야기다.

* * *

　토머스 모어는 국왕 헨리 8세와 매우 친밀한 관계를 계속해 유지하고 있었다. 아마도 대법관이 된 것도 국왕의 간청 때문일 뿐, 그가 바란 것은 아니었을 것이다. 실제로 그는 관계(官界)의 부패 상황을 충분히 알고 있었을 것이다. 이미, 종교개혁이 시작되어 신교의 기세가 강했고, 거기로 전향하는 자들이 많았다.

　또 한 가지는 헨리 8세의 이혼 문제였다. 헨리 8세의 아내 캐서린은 스페인 왕 페르디난드의 막내딸이고, 처음에는 헨리의 형 아서의 아내였지만, 아서가 죽은 다음 헨리와 결혼한다. 그러나 왕녀 메리가 태어났을 뿐, 왕위를 이을 아들이 없었고, 이번에는 여관(女官) 앤 불렌을 사랑하게 된다. 그리고 앤과 비공식으로 결혼한다.

　이윽고 왕위 계승령이 내려, 앤과의 사이에 난 아들에게 왕위를 계승하고, 메리에게서 계승권을 박탈하고 말았다. 토머스 모어는 이에 동의하지 않았기 때문에 런던탑에 감금되고 사형 선고를 받았다.

　실은, 좀 더 상세하게 당시의 영국 역사를 복습해 두면,『유토피아』의 내용을 이해하는 데 도움이 될 것이므로, 이 책에

이상향 215

기록되어 있는 행정, 노동, 가정 제도 등에 대해 해설을 시도해 보기로 한다.

* * *

『유토피아』는 제1편과 제2편으로 나뉘어 있다. 라파엘 히스로디(휘트로다에우스)라는 가공의 인물(이름의 뜻은 허풍쟁이)이 여러 번의 항해를 마치고 돌아와 영국에 대한 견문을, 그리고 이상의 나라의 양상을 저자에게 이야기하는 형식으로 되어 있다.

영국에서는 전쟁이 거듭되고, 제대한 병사들은 농촌을 마구 황폐하게 만들고 있고, 지주와 목사는 농장을 없애고 목축을 시작하고 있다. 이러는 편이 이익이 오르기 때문이다. 그래서 농민들은 생활을 지탱할 수 없어 도둑이 된다. 아무리 엄한 형벌을 내려도, 그 수가 줄기는커녕 늘기만 하는 것이다. 정치가들은 이유도 없이 또 전쟁을 하고 싶어 한다.

이런 상황을 실제로 보고 온 히스로디는 어리석은 짓의 반복에 대해 조소하고, 이를 개선할 수단에 대해 이야기한다. 예컨대 페르시아의 어느 지방에서는 도둑이 잡히는 경우, 훔친 물건을 원래 주인에게 되돌려 주게 하고, 그 후에는 공역

(公役)을 시킨다는 것이다. 곰곰 생각해 보면, 사회 제도의 잘못이고, 사유 재산을 허용하고 있기 때문에 일어나는 현상이다. 재산을 국유로 삼고 있는 '유토피아'라는 나라에서는 국민 하나하나가 만족스러운 생활을 하고 있어, 그야말로 지상 낙원이라는 것이다.

그래서 이 나라에 대해 상세하게 이야기하는 것이 제2편이다.

* * *

유토피아라는 이상국을 세운 것은 유토포스 왕인데, 나라가 제자리를 잡아 가는가 싶더니 어느 사이엔지 사라지고 만다.

유토피아라는 섬나라는 대서양의 브라질 근처에 있는데, 항만을 에워싼 초승달 형태로 전장 500마일, 24개 주로 갈라져 있고 주마다 수도가 있다. 국민은 누구나가 농업에 대한 이해가 있고, 그 기술도 익히고 있다. 그리고 2년마다 도시와 농촌을 번갈아 가며 산다. 도시는 매우 정연한 데다 건물들역시 똑같이 생겼다. 30가구가 한 구(區)를 이루며, 그곳에는 구장이 있다. 그 위에 대구(大區), 시가 있으며, 시장이 주를 다스런다. 정해진 날에 시장들이 집합해서 니리 전체에 대해 논의한다.

농업에 대해 알아야 하고 이에 의무적으로 종사하게 되어 있지만, 각각 자신의 재능에 따라 직업을 선택할 수가 있다. 그리고 매우 우수한 재능을 가진 자가 원한다면 학문의 길을 선택할 수 있고, 이 학자에게는 농사일이 면제된다.

각 구의 사람들은 공회당에 모여 함께 식사를 한다. 모든 일에 대해 평등하기는 하지만, 연장자는 존경을 받는다. 하루 6시간의 노동을 하므로 각 사람들에게는 시간이 충분히 있어, 모여서 저녁 식사를 한 뒤에는 여유롭게 음악을 감상하기도 하고, 해롭지 않은 놀이로 즐겁게 지낸다.

외국 여행은 장려하지 않고, 이를 위해서는 허가증과 여권이 필요하다. 이를 가지고 있으면, 자신의 주 밖으로 나가더라도 어디서나 자신의 집에 있는 것처럼 편하게 지낸다.

이 나라에서는 금전이 통용되지 않는다. 금과 은은 쓸모가 없다. 변기와 죄인을 묶어 놓을 쇠사슬을 금은으로 만든다. 보석류는 어린이의 장난감에 지나지 않으며, 성장하더라도 이것으로 몸치장을 하는 어리석은 짓도 하지 않는다. 짐승의 도살과 불결한 것들의 청소는 노예에게 시킨다. 노예라는 것은 죄를 지은 자, 포로가 된 외국 군인이다.

또 병자가 생겼을 때에 대비해 간호와 치료를 위해 각 시에 4개의 병원이 마련되어 있다. 치료를 해도 효과가 없고, 병자의 고통이 너무 심한 경우에는 의사, 승려 등이 의논하고 환자에게 충분히 납득시킨 다음, 자살을 인정하거나 본인의 원하는 바에 의해 마취약을 사용해서 죽음을 맞이할 수도 있다.

또한 일부일처제로, 원칙적으로 이혼은 인정되지 않는다. 이 나라 사람들은 거짓을 싫어하므로 화장도 하지 않고, 모두가 같은 옷을 입고 있다. 전쟁과 다툼은 동물적이므로 극력 피한다. 생산해서 외국에서 얻은 금도 자신들이 사용하지 않는다. 전쟁이 부득이한 경우에는 이 금으로 필요한 사람들을 외국에서 사서 진압시킨다.

유토피아에서는 신앙과 종교가 자유롭지만, 어느 경우에나 영혼의 불멸만큼은 믿지 않으면 안 된다.

* * *

라파엘이 말한 이 유토피아 나라의 이야기를 듣고 있었다는 토머스 모어도 마지막에, '나는 그가 한 모든 이야기에 동의할 수는 없다. 따라서 유토피아 나라에 있는 많은 사물들이란, 우리 도시에서는 원해도 이룰 수가 없다는 것을 고백하지 않으면 안 된다'고 말하고 있는 것처럼 우리도 공산주의 같은 이 나라의 여러 제도를 그대로 모두 인정할 수는 없다.

하지만, 앞에서도 말한 바와 같이 인간이 유토피아라는 이상향을 꿈꿀 때면, 그 사람이 생활하고 있는 사회에 대해 불만이 있고, 결함 때문에 괴로움을 겪고 있다는 배경이 있다.

플라톤의 『국가』를 비롯해, 인간은 참으로 많은 유토피아를 생각해 내고, 이런 이야기들을 써 왔다. 그것들이 쓰인 시대와의 관련을 생각해 가면서 우리도 이를 머릿속에 그리는 것은 자유다, 라기보다는 그것이 인간의 자연스러운 감정이라고 생각할 수도 있다.

이상향이 단순한 가공의 이야기로 끝나는 것으로 보이는 경우도 있지만, 이를 머리에서 짜낸 사람들은 모두 우리와 마찬가지로 현실을 살고 있는 인간이고, 유토피아란 그들의 절실한 상념에서 잉태한 것이므로 우리하고 무관한 것일 수는 없다. 그러하기는커녕 현실의 세계와 사상에 끼치는 영향도 크다.

우리도 항상 저마다 이상 세계를 그려 보아야겠다는 마음만큼은 계속해서 품어 나가야 할 것이다.

옮긴이의 말

　TV의 〈내셔널 지오그래픽〉을 자주 본다. 생각지도 못했던 아름다운 자연과 생물들의 삶을 그곳에서 볼 수 있는 재미 때문이다. 내가 찾아가기도 어렵고, 그런 세상이 있다는 것을 알지 못하는 곳들을 앉아서 볼 수 있다는 것은 참으로 감사한 일이다.

　그곳에는 아름다움뿐 아니라 동물들의 생기 넘치는 삶도 그려져 있다. 하지만 거기서 펼쳐지는 삶은 서로가 먹기 아니면 먹히기다. 즉, 그곳에는 '이기(利己)'만 있지, 남을 배려하는 일은 아예 볼 수 없다.

　우리 인간이 동물과 다른 점이 무엇일까. 생각하는 능력이 있다는 것이 바로 그 다른 짐이다. 하지만 이는 '생각하는 갈대'인 인간이기 때문에 할 수 있는 말이지 동물의 하나인 우리는 역시 '이기'부터 앞세우고 산다는 것을 알게 된다. 감성으로 행동하는 일반 동물과는 달리, 우리 인간은 감성과 이성으로 행동한다. 그래서 파스칼은 인간은 이성과 감성의 갈등 가운데 사는 존재인데 '감성을 버려 신이 되려는 사람과, 이성을 버려 짐승이 되려는 사람이 있다'고 했다.

우리가 고전을 읽게 되는 것은 이러한 지난날의 인간들이 겪은 감성과 이성의 갈등이 어찌 표출되었는지를 통해 그들이 어찌 생각했는지를 알고, 그들의 지혜와 삶에 공감하기도 하며 깨달음도 얻게 되기 때문이다. 하지만 현대를 사는 우리는 모두가 고전을 통해 흡수한 것을 소화해서 우리 삶에 반영하고 있을까. 독서로만 그치고 마는 것은 아닐까.

예나 지금이나 우리는 이기의 이전투구 가운데서 살고 있다. 형제 등 집안사람들의 이기가 법정 싸움으로 커지고, 국가 간의 이기가 전쟁을 일으키고, 정치인들의 이기가 서민을 어지럽히고 괴롭게 만든다. 이성을 가진 우리 인간들은 이런 이기의 충돌을 완화하기 위해 윤리, 도덕, 종교, 법률을 마련해 놓았는데, 이는 잇속 때문에 자꾸만 갈라지기만 하는 우리 사회를 조금은 남 생각도 하며 융화하자는 장치다.

이 말고도 정의를 내세운 무자비한 전쟁도 우리는 보아 왔다. 예전의 십자군 전쟁이 그렇고, 오늘날의 IS 소동이 그렇다. 우리는 그들의 정의가 정의가 아님을 알지만, 그들은 이를 절대적인 정의라고 생각하고 우긴다. 옛 사람은 절대적인 정의에 대해 무엇이라고 생각했을까. 몽테뉴는『수상록』에서 '인간은 변화가 극심한 존재'라면서 인간에 대해 '절대로……'라는 말을 할 수 없다고 했다. 불교의 '무상(無常)'과 상통하는 이 말은 누구나 공감할 것으로 생각한다.

우리 인류는 이런 절대적인 정의 때문에 매우 시달린다. 종교에서는 사랑, 자비를 가르치지만, 그 사람들의 공통점은 우선 증오하고 분노해야 할 불의의 대상이 있어야 한다. 그들의 삶은 불의를 사는 상대방에게 외치는 것으로 일관한다. 그러면서 그들 자신이 물질과 행동으로 남에게 봉사하자는 구호는 없다. 즉 나는 절대적인 정의만 외치고, 정의의 행동은 남이 해야 할 몫이다. 그 많은 사람들이 구호를 외치는 대신에 그 열정을 가지고 헌신을 했더라면 세상이 얼마나 좋아졌을까 생각하는데 말이다. 그러니 이것은 그냥 이기가 아니라, 정의로 치장한 이기라 할 수 있는 게 아닐까.

옛 사람들은 음악에 대해서는 어찌 생각하고 있었을까. 플라톤은 음악은 폴리스의 질서와 미덕을 유지하기 위한 높은 교육적 도덕적 사명을 담고 있다고 했다. 음악은 선한 인간을 형성하기 위해 과해지는 교양의 한 학과이며, 순수하고 솔직한 착상에서 나온 음악이어야 한다고 했다. 오늘날 우리가 즐기기 위해 감상하는 음악에 대해 플라톤은 너무 무거운 짐을 지워 놓은 감이 없지 않다.

그랬는데 이 책에 나오는 『시경』을 보면, 한술 더 뜬다. 여기에는 '시란 뜻이 가 닿는 곳이다. 마음에 우러나는 것이 뜻이 되고, 말로 내놓는 것이 시가 된다. 시란 본래 이와 같이 마음에 우러난 것을 일그러뜨림 없이, 꾸밈없이, 그대로 순수하게 말에다 싣는 것'이라고 했다. '(정치의) 득실을 바루고, 천지를 감동시키고, 귀신을 감탄하게 하는 것으로서는 시보다 나은 것이 없다'며 시의 효용을 제대로 터득하고 있으면 인간의 도덕관념을 높일 수도 있고, 풍속의 어지러움을 바로잡을 수도 있다는 것이다. 음악과 시의 본질에서 공통되는 것은 순수, 솔직, 선함, 그리고 도덕, 미덕이다. 오늘을 사는 인간들은 이런 음악과 시를 통해 마음을 정화시킬 수는 있겠지만, 글쎄, 도덕관념을 높일 수도 있는 것일까.

힘들고 어지러운 사회생활을 하다가 방글거리는 어린 아기를 보게 되면, 우리는 위에서 언급한 순수, 솔직, 선함을 느끼게 된다. 그렇다면 아기는 시적인 존재라고 할 수 있지 않을까. 우리 인생의 시작은 이처럼 시나 음악 같은 존재였던 것을…… 그래서 인도의 시성 타고르는 '모든 아기는 하느님이 아직 인간에게 절망하지 않으셨다는 메시지를 가지고 태어난다'고 했나 보다.

바쁜 생활을 하며 시간이 없어서, 할 일이 많아서, 그 존재를 알지 못해서 고전과 가까이할 수 없었던 이들에게는 이 『고전과의 대화』는 매우 권할 만한 책이라 생각한다. 이 책의 저자는 철학을 한 사람답지 않게 친근하고 쉬운 말로 고전 이야기를 하고 있다. 작품 전체를 부담감을 가지고 논한 것이 아니라, 마음에 와 닿는 대목을 다루며, 고전 작품에 대한 호기심을 불러일으켜 그곳으로 우리를 이끌어 준다. 그리고 진정한 고전의 독서법은 읽는이를 깊은 사색으로 인도한다는 것을 잘 보여준다.

많지 않은 분량에 인류의 불멸의 고전 23편을 다루고 있는데 각각의 책들이 저자와 어떻게 만났고 어떤 사색으로 이끌어갔는지를 각 편마다 개성 있게 펼쳐 보인다. 저마다의 고전은 다를 수 있고 고전을 읽는 자세도 다를 수 있지만 이 책의 저자를 길잡이 삼아서 고전의 풍요로운 세계에 독자 여러분들도 한번 빠져보면 어떨까.

옮긴이 | 김유동

1936년생. 연세대 의예과를 수료했고 한글학회, 잡지사 등을 거쳐, 경향신문 부국장과
문화일보 편집위원을 지냈다. 저서로 『편집자도 헷갈리는 우리말』이 있고 『메이지라는
시대 1,2』『주신구라』『잃어버린 도시』『빈 필-음과 향의 비밀』『투명인간의 고백』등을
우리말로 옮겼다.

고전과의 대화

초판 1쇄 발행 2018년 1월 20일

지은이 구시다 마고이치
옮긴이 김유동

펴낸곳 서커스출판상회
주소 서울 마포구 월드컵북로 400 5층 24호(상암동, 문화콘텐츠센터)
전화번호 02-3153-1311
팩스 02-3153-2903
전자우편 rigolo@hanmail.net
출판등록 2015년 1월 2일(제2015-000002호)

ⓒ 서커스, 2018

ISBN 979-11-87295-09-9 03830

「이 도서의 국립중앙도서관 출판시도서목록(CIP)은 서지정보유통지원시스템 홈페이지(http://seoji.nl.go.kr)와
국가자료공동목록시스템(http://www.nl.go.kr/kolisnet)에서 이용하실 수 있습니다.
(CIP제어번호: CIP2017032459)」